余命3カ月から生還した私が、死を恐れなくなった理由

小松 茂
コムシーケンス株式会社　代表取締役

はじめに

私には誕生日が二つある。

一つ目は一九六三年十月の本来の誕生日。本来の誕生日だと六十一歳。

二つ目は姉の骨髄を移植して命をもらった一九九二年九月十二日。まだ三十二歳ということになる。


私は一九九〇年、働き盛りに慢性骨髄性白血病と診断された。だが私自身が病名を知るのはその数カ月後。最初は家族だけに知らされていた。わけのわからぬまま入院となり、数カ月後に自分から「白血病では？」と考えるようになり、看護師の姉に尋ねたところ、余命三カ月だと告知された。


やっぱり、という気持ちと、まさか、という気持ちが交錯した。

なぜ私が白血病になったのだろう。

なぜ、私だったのだろう。

命にかかわる病気になった人は、必ず考えるのではないだろうか。


当時、白血病といえば不治の病。

告知されたときはさぞ絶望的な気持ちになっただろうと思われるかもしれないが、私はむしろ強くなれた。

命の限りがあるのなら、できることはすべてやっておこう。

いや、私に合った治療法が見つかるかもしれない。

諦めてはいけない。


二十代半ばから後半の大事な時期を、闘病に費やすことになった。充実していた日々が突然失われ、わけがわからず悩んだ日もある。無菌室での抗がん剤治療の副作用はすさまじい苦しさだった。

白血病にならずに過ごせたら、まったく違った人生だっただろう。でも、病気になったおかげで気づけたこと、得られた縁もある。克服した今となっては、病気を経験してよかったと考えている。あの経験がなければ、今の私はない。

今現在、愛する家族に囲まれ、自分の会社を経営し、幸せに暮らしているのも病気になったからこそだ。この人生でよかった。この運命に、感謝したい。

人生の崖っぷちに立ったとき、いかにして人生と向き合ったか。どういう境地に至ったか。闘ったか。克服したか。

三十五年前の話なので忘れてしまわないうちに、書き上げた。

手に取ってくく、このページを読んでくださっているあなたに、最後まで読んでいただけたら幸いだ。

目次

第二章

死を受け入れてこそ、人生は彩りを持つ

第三章

とにかく諦めない……61

絶対に諦めてはいけない――希望を持ち続ける方法。自分の体との向き合い方

第四章

苦難を乗り越えた先には明るい未来が待っている……83

第五章

「余命3カ月」から生還したことで得たこと

第六章

悔いのない人間関係の築き方

装丁
本橋雅文
（orangebird）

第一章

人生とどう向き合うか

自分なりの人生を築くための指針は何か

得意な「モノ作り」を活かして就職。
本社への引き抜き、最初の結婚……
順風満帆な日々に突然の白血病宣告。

コンピュータ関連の仕事に就きたい

私は一九六三年、山形県山形市に生まれ、天童市で育った。天童市は天から童《わらべ》が舞い降りたという伝説があり、将棋の駒の産地で有名だ。

父は昭和初期生まれ。読み書きは苦手だったが、手先がとても器用だった。地元に古くからある農業関連機器を作っている製作所に勤めていた。父は毎晩、家で晩酌をしながら広告の裏にデッサンをし、機械の構想を練っていた。

とくに私にモノ作りを教えてくれたことはないのだが、そういう父を見て育った私も、家で黙々と工作をしている子どもだった。紙とはさみとのりがあれば、一人でいつまででも遊べた。画用紙を立体的に折って作るのだが、たとえば飛行機だったら操縦席も作り、ドアやシートベルトも作るなど、細部までこだわっていた。

姉が一人の長男で、おとなしく、のんびりとした性格だった。すぐに顔が赤くなってしまう恥ずかしがり屋。勉強もスポーツもいまひとつで、小学校に入学し、初めてもらった通知表は図工が5だった以外は2。普段はあまり怒ったり文句を言ったりしない母が通知表を見て「図工なんかどうでもいいから、ほかの教科を頑張りなさい」と頭を抱えたこともあった。通知表なんてものがあるんだ。ちゃんと勉強しなくちゃ、と、コマツ少年は気づいた。

図工はとにかく得意で、夏休みの宿題で作った工作が市のコンクールで入選したり、学年の文集の表紙を描いたり。私が作ったものは他の同級生との精度がまったく違うので、クラスの中で一番うまい作品を見た先生が「あれは小松くんが作ったのね」と言ってくれる。そのときだけはちょっぴり鼻が高かった。

高学年になってからは理科が専科になり、理科室でアルコールランプの実験をしたり、乾電池のつなぎ方を学んだり。電気回路に興味を持ったのもこの頃だ。

運動神経はいまひとつ。野球が好きだったが、上手な同級生たちにはついていけない。勝負事も苦手なので、試合も好きじゃない。年下の子たちと遊びでやっているのが楽しかった。

ただ、柔道は好きで、小学校一年生のときに自分から「やりたい」と志願したらしい。雨の日も雪の日も、少し離れたスポーツセンターまで自転車を漕いで通っていた。そんなに好きな柔道だったのに、中学校に入学したときに色気づいてテニス部に入部。なんとなく「テニスの方がモテる」と思ったのだ。でもテニスも試合よりもただ打っているのが好きだった。

私が生まれた一九六三年は『BASIC』という初心者向けのプログラミング言語が誕生した年。コンピュータの黎明期だ。そして一九七〇年代から八〇年代、世の中にコンピュータが普及し始めた。多くのパソコンに内蔵されていた『BASIC』は今から考えると驚くほど処理速度が遅い。でもこれからどんどん発達するだろう。私はそのように感じていた。そして、地元の工業高校の電子科に進学した。

卒業後は就職することに決めていた私の思いは「モノ作りがしたい」「コン

ピュータ関連の仕事をしたい」。

私が高校生活を送ったのは一九七〇年代後半から一九八〇年代にかけて。この後どんどんオフィスコンピュータが全盛期となっていく時代だった。とはいえ一般的には普及はまだまだ。任天堂からファミリーコンピュータが登場するのが一九八三年。まだ先のことだ。

父の助言で松下電器に就職

高校の担任教師は「山形の競馬場で働くのはどうだ」と勧めてくれた。「競馬場ならすぐにコンピュータを使った仕事ができるぞ」と言う。

父に相談すると「来年地元に松下が来るから、そこで働け」という意見だった。松下電器の山形工場がちょうど私が卒業した四月から操業を開始することとなっていたのだ。父は「一流企業に行った方がいい」という考え方だったが、担任は「工場だと単純作業しかできないかもしれない」と言う。私は迷った。

父にどのような考えがあったのか、詳しくはわからない。父が勤めていた地元の製作所を代表する製品は、穀物乾燥機。山形は米の産地だ。米は収穫した後、乾燥させる。昔はむしろを使って天日干しや日陰干しをして自然乾燥する。雨が降れば終わりだ。明治時代以降は燃料と発動機を組み合わせて温風で乾燥させていた方法が普及したが、父は初期の循環形乾燥機の開発に携った。電気を使わず、歯車で回転する仕組みで、一八〇度回ると逆回転する。製品はその後、全国発明表彰特別賞科学技術庁長官賞を受賞した。

あれはいつ頃だっただろうか。はっきりとは覚えていないが、私が高校生の頃だったか、就職して間もない頃だっただろうか。農家の親戚の家に、父の会社の乾燥機が置いてあった。

吸引送風機で燃焼と排湿が両立した乾燥機なのだが、歯車で動いている。しかも正逆転機能を備えていて、歯車が逆回転するのだ。

「これ作った人天才だな」

感心した私が思わず口にすると、

「これは俺が作ったんだ」

と、父は誇らしげだった。

そのときの記憶はある。なのにその後の会話の流れなどは、はっきりと覚えていない。


今の私なら、歯車の仕組みについて聞いてみたいことが山ほどある。私だったら電気系統を駆使して作るが、父は電気のことはわからない。それなのに、からくりだけで機器を作ったのだ。「モノ作り」という観点では、父の方が上かもしれない。父にとくに何かを教わったわけではないが、私が「モノ作り」にこだわるのも、遺伝なのかもしれない。それなのに、なぜかあのときは「どうやって作ったの？」と、聞かなかった。何かに意地になっていたとか、嫉妬していたとか、反抗していたとか、そういうことでもなく、ただ単に流してしまったのだ。

思うに、ただただ若かった。時間的にも、気持ち的にも、すべてにおいて余裕がなかった。

亡くなってしまった父には、もう聞くことは敵わない。非常に後悔している。

話がだいぶ逸れたが、父の勧めに従い、私は一九八二年四月、松下電器の山形工場に就職した。

松下電器高卒定期採用の一期生でもあった。同期は二百名ほど。その半年前に中途の社員も募集していたので二、三歳上の先輩社員もいた。男女比だと、若干男性社員が多く、年齢が近いので、感覚的には高校の延長のようだった。

当初はビデオデッキの精密部品を作っていて単純なライン作業に従事していた。一九八六年からは光学事業を開始。山形工場はデジタルスチルカメラのキーデバイスであるレンズ部品の生産とSDメモリーカードを生産する工場となった。

時代は昭和から平成へ。バブル景気の時代でもあり、大型・高級化などの高付加価値製品が登場。日本の電化製品の基本性能の高さは世界でも注目されていた。家電のマイコン制御が進み、複雑な機能を持つ多機能家電が増えていく時代だった。

そんな時代の空気を感じつつ、工場で仕事をする日々。それなりにやりがいがあったが「モノ作りがしたい」という思いは増すばかりだった。

さらにやりがいのある仕事を目指し、大阪へ

入社して六年が経った頃、作文を書くチャレンジプランなるものがあることを知り、これはチャンスだと応募することにした。社内の公募異動制度だ。「コンピュータに興味があるので生産設備に関しての開発、設計をやりたい」とモノ作りへの思いを書き綴り、採用された。一九八九年一月付けで、うちの工場からは私と、もう一名が本社のある門真市の工場に異動となった。

創業者である松下幸之助が「門真市名誉市民」となっていることからもわかるように、門真市といえば、イコール松下電器産業ともいえるだろう。高度経済成長の波に乗って関連する工場や下請け企業が増加し、駅を降りると松下電器の建物がずらりと建ち並んでいる。駅を利用するのも松下の制服を着た社員がほとんどだ。

一駅離れた寮に入り、自転車で通うこととなった。山形県で生まれ育った私の初めての大阪暮らしだ。他社の工場もあるが、松下の工場が目立つ。あとは普通の住宅街が広がっていた。

大阪での仕事はファクトリーオートメーション（ＦＡ）。工場を自動化することで、生産工程における材料の加工や部品の組み立て、製品の運搬に加え、管理業務まで含まれる。この製品を作るためにはこういう機械が必要で、動き方はこうでパッケージ箱詰めはこう、さらにどのように生産数を上げるか……と、考えていく。

私の仕事は主に制御ハード設計とプログラム作成。夢だった仕事ができると希望に満ちていたけれど、最初の一年間は簡単なプログラムも組めず、上司どころか同僚にまで怒られる日々だった。仕事内容はちんぷんかんぷん。お客様のところに行けば「帰れ！」と叱責された。お客様を第一に考えるという、松下幸之助の教えを大事に守ろうとすればするほど、理想に近づけない自分が情けなかった。涙を流したこともあるし、ストレスで眠れない夜が続いた。

だが、一年ほどが経過したとき、いきなりストンと理解できるようになった。ソフトはなんでも作れるようになったし、不具合があればすぐに理由を見抜けるようになった。洗濯機などの家電や液晶パネルなどの図面ができたらその装置を持って事業部に行き、立ち上げから不具合の調整まですべてを担当するのが主な仕事だったが、社内からも、お客様からも信頼されるようになってきた。

本社には東大卒、京大卒の大卒の社員もたくさんいたが、高卒の私も肩を並べて仕事に臨めるようになっていた。

順風満帆な日々に、忍び寄る病魔

大阪に転勤したタイミングでそれまでつきあっていた女性と結婚し、二十代半ばの私は、仕事面でもプライベートでも充実した日々を送っていた。忙しすぎて、信号待ちしていても頭の中に図面が浮かんできた。仕事で頭がいっぱいになって、プライベートとうまく切り替えられずに、夜になっても眠れないこともあった。でも睡眠不足は充実した日々の証。たとえ体は辛くても、嬉しい悲鳴だったのだが――。

どうもここのところ風邪をひきやすい。そして、一度風邪をひくと長引く。治りが悪い。でも風邪ぐらいで休んではいられないと、出勤していた。

実際、多忙で医者に行く暇もなかった。それにしてもあまりに治りにくいので、一九九〇年の春、社内の医務室に行ってみた。医務室の医師は週替わりだが、その日は京都大学医学部附属病院の医師が担当だった。

「すぐに大病院で血液検査した方がいいでしょう」

その医師から言われてもピンと来なかったが、紹介されたので大阪府守口市にある松下記念病院で本格的に血液検査などを受けることとなった。胸骨に大きい針を刺して骨髄液を採取された。とんでもなく痛かった。初めての骨髄液採取だったが、後になってから、あの医者は下手だったのだとわかった。

「いったいなんだろう？　もしかして重い病気なのだろうか」

不安な気持ちで結果を待った。

「明日から入院してください」

検査後、担当医から突然言い渡された。きちんとした理由を聞かされることもなく、急いで帰宅して入院準備をすることに。仕事がたまっていたので、図面を持っての入院だ。

「小松さんの病名は顆粒球増多症です」

入院する際に、担当医から告げられた。聞きなれぬ病名だが、血液中のリンパ球（白血球の一種）の数が異常に多くなった状態なのだという。

自分が病気だとは信じられなかった。何しろ、風邪をこじらせると長引く以外はいたって正常。ぴんぴんしている。最初に検査して以来、大掛かりな検査はせず、治療も何もせず、ただ寝ているだけ。

「こんなもの、飲んでいられるか！」

毎日飲むように渡されたブスルファンという薬も捨てていた。今では使われていないのだが、抗がん剤の一種だ。でも当時はきちんと説明されていなかったし（告知されていないので当然だ）、なんのために飲むのかわからなかった。それでも強い薬だということはわかったので、飲む気にはなれなかった。

当時の妻が毎日見舞いに来てくれたが、病人の私よりも彼女の方が日々やつれていった。自分よりも彼女のメンタルが心配だった。高校の同級生だったので、彼女も山形県出身。結婚して大阪という慣れない土地についてきてくれたのに私が間もなく病気になってしまい、病院と自宅を往復する日々となり、さぞ心細かっただろう。もともとおとなしいタイプだったが、次第に口数が少なくなり、沈んでいった。

新婚だし、仕事も面白くなってきたところなのに、どうしてこんなことになってしまったのだろう。とにかく早く退院して元通りの生活がしたい。その一心だった。

再び地元の工場に戻る

「いったいいつ退院できるんですか？」

担当医に何度その質問をしたかわからない。薬も飲んでいなかったし、態度がいいとは言えない患者だっただろう。

「うちの病院ではあなたを治すことができない」

入院生活が二カ月になろうとしていたある日、担当医から言われた。

「故郷に戻って治療された方がいいかもしれません」

ということで、私は山形大学医学部附属病院に転院することとなった。山形大学病院第三内科。血液系の専門内科だ。

せっかく大阪での仕事が楽しくなってきたところ、無念ではあったけれど、会社をいつまでも休んでいるわけにはいかない。自分自身もわけのわからない状態でいるのは嫌だったし、当時の妻のためにも故郷に帰る方がいい。会社に事情を話すと、すぐにもとの山形工場に異動ということになった。

一九八〇年代後半から家庭用ビデオカメラ市場が拡大し始めた。松下電器は手ブレ補正技術の向上に力を入れていたが、ビデオデッキの精密部品、ビデオチップを生産していた山形工場も光学部品の製造工場として技術開発に取り組んでいた。一九九〇年にはビデオカメラ「ブレンビー」が誕生して大ヒット製品となった。

私は生産ラインに就き、製造ラインを自動化する仕事——完成品をロボットでパレットに詰めていくという組み立てラインの設計——を担当することとなった。優秀な先輩や慣れ親しんだ同僚たちに囲まれて仕事はしやすかったが、大阪で感じていた活気とはまったく違った。とはいえ、設備投資に力を入れ、新しい機械をどんどん入れている時期で「ここもどんどん面白くなる」という予感はあった。

「今後はここでやっていくんだ」

とりあえず、覚悟を決めた。

守るべき存在を失い、逆に前向きに

山大病院には入院はせず週に一回、午前中だけ通院し、午後は普通に工場に通った。ちょうどフレックス勤務が導入された時期で、週休二日の企業がまだあまりない時代だったが松下電器はしっかりと休めたし、働く環境は整っていた。

家を探す暇もなかったので、とりあえず妻と共に私の実家で暮らすこととなった。生まれ育った山形の実家から元の職場に通う日々が始まった。体力は落ちているが、だからといって体調もとくに悪くはない。仕事も普通にこなせた。

けれど、心の中はモヤモヤしていた。大阪のような大都市の病院で治療できず、地元に帰された。これはいったい何を意味しているのだろう。深く考えると不安に呑み込まれそうになるので、現実から目を逸らしていた。

そんな生活が続いたある日、帰宅すると、母親が出てきた。

「荷物が全部なくなってるよ」

母は慌てた様子で言った。私たちが使っていた部屋に行くと、妻の荷物がなくなっていた。タンスなどの大きな家具もなくなり、がらんとしている。

「ああ、そういうことか」

一瞬にして、察した。何が起こったのか、事態が把握できた。妻は出て行ったのだ。結婚して地元を離れ、おとなしい性格の妻は不安でいっぱいだっただろう。心細い時期に夫である私が病気になり、毎日病院に見舞う日々。精神的に追い詰められているのは、見舞いに来る妻の顔を見れば一目瞭然だった。

妻は家を出て行ったのだ。そしてもう、戻ってくることはないだろう。私は静かに、すべてを悟った。不思議と、涙が出ることもなく、怒りが湧くこともない。落ち着いた気持ちだった。遅かれ早かれこうなると、うっすら予感していたのかもしれない。


とはいえ、このままというわけにもいかない。せめて最後に会ってこれまでの感謝を伝えよう。休みの日に、私は彼女の実家に会いに行った。玄関先に、彼女の母親が出てきた。

「娘には会わせたくない」

そう言われた。無理もないだろう。私は結婚した妻を幸せにできなかった男だ。

「彼女には辛い思いをさせてしまい、申し訳ありません。引き留めたりはしません。これまでのお礼が言いたいだけなので、会わせてください」

頼み込むと、彼女が出てきた。

「今までありがとう。幸せになって」

それだけ伝えて、立ち去った。互いに涙することもなく、短かった結婚生活は終わり、私たちは離婚した。結婚生活は一年にも満たなかった。

すっきりした、というと語弊があるかもしれないが、私としては「これで誰に気を遣うこともなく、自分が思うように闘病生活に臨める」という思いだった。自分だけの人生となったので、自分がやりたいように生きればいい。

病名も最初に伝えられたままで、果たして治るのか治らないのかもはっきり告げられてはいなかったが、私は自分の症状からして白血病ではないかと思い始めていた。

当時、白血病といえば不治の病。かかったらまず治る見込みはないと思われていた。『白血病にかかる悲劇の主人公』といった映像作品などもあったので、その病名は知っていた。

第二章

死を受け入れてこそ、人生は彩りを持つ

死を恐れてはいけない

すべての人が死と隣り合わせで生きている

地面を踏みしめていることも、
頬に受ける風を感じることも、
生きているからこそ。
自分の細胞に語りかけ、
日々五感をフルに活かして後悔なく生きたい。

余命三カ月の告知

それからしばらくは、両親と三人で静かに暮らしていた。そんなある日、東京に住んでいる姉が帰郷した。姉は看護師で、東京の小平市の病院に勤めていたのだが、私の病状を知り、帰ってきてくれた。

ある晩、実家の台所で、姉と二人きりになった。

「こんなわけのわからない病気になって、たまったもんじゃないよ」

私は姉を相手に愚痴をこぼしていた。姉は医療従事者として、カウンセラーのように話を聞いてくれていた。

「姉ちゃん、俺、もしかしたら白血病じゃないかな」

私はふと、尋ねてみた。

「そうだよ。茂は白血病なんだよ」

姉は言った。告知の瞬間だった。

「あ、そうなんだ」

拍子抜けしたような声が出た。やっぱりそうだった。納得する気持ちと、納得したくない気持ちが、心の中でせめぎあっていた。

実は最初に松下記念病院で検査したときに、診断が下されていた。

「検査をした結果、小松茂さんは慢性骨髄性白血病です」

両親と元妻が医師に呼ばれ、白血病で余命三か月だと告げられたが、本人には言わないでおこうということになったという。

「この人は余命三カ月なんだ」「でも本人には言ってはいけない」

元妻は誰にも相談できず、気持ちの行き場がなかっただろう。酷なことをしてしまった。見舞いに来るたびに様子がどんどんおかしくなったことが、納得できた。

さまざまな記憶が頭の中をよぎったが、気がつくと、涙を流していた。嗚咽が漏れた。ボロボロと涙を流して泣く私を、姉は静かに見守っていた。

一分ぐらいそうしていただろうか。突然吹っ切れ、涙が止まった。

思えば、松下記念病院で検査をしたのが五月で、今は九月。三カ月以上経っているが、生きているじゃないか。

白血病には種類があり、急性と慢性、そして骨髄性とリンパ性がある。私のような慢性骨髄性白血病の場合、白血病細胞が骨髄の中でゆっくりと増えていく慢性期があり、治療をしない場合、その期間が数年続く。私が読んだ医学書にそう書いてあった。ただ、骨髄移植を受けなければだいたい三年から五年で急性転化がやってくる。急性転化を起こすと、余命は半年ほどだと読んだ記憶があった。

「あと二年だな」

とくに根拠はなかったが、直感でそう思った。

元気でいられるのはあと二年間。自分の中で期限を切った。

死ぬまでにやりたいことリスト

「やりたいことをやろう」

強く決心したのはこのときだった。泣いている時間などない。命の期限を突きつけられたのだから、一分一秒たりとも無駄にせず、生きねば。心に誓った瞬間だった。

もちろん、諦める気はなかった。克服してみせる、という気持ちもあった。とはいえ、死ぬのなら、後悔することなく死にたいという思いも湧いてきた。

白血病細胞は骨の中心部にある骨髄で作られ、血液中に送り出される。慢性期の白血病細胞は、がん化していても機能は正常な血液細胞とほぼ同じだ。だが増殖する能力が高く、とくに白血球がどんどん増えるため血液検査では白血球数の値が高くなる。

人間の白血球は七〇〇〇から八〇〇〇。だが最初に大阪で受けた検査で、私の白血球の数は十万もあることがわかったという。

正常な血液細胞は体の中で病原体の侵入から体を守ったり、全身に酸素を運んだり、出血を止めたりという働きを担っている。だが白血球の数が増えることで、だるさや微熱を感じたり、出血が止まらなくなったりする。

とはいえ、慢性期は白血球や血小板が増えるのみで、ほとんど症状がない。今のところ、多少体力は落ちたが、仕事もできているし、日常生活は送れている。私はノートにリストを書き出すことにした。

今、したいこと。今しかできないことはいったいなんだろう。

『桜が見たい』

『ナイタースキーがしたい』

『あちこちドライブに出かけたい』

いざペンを手にノートに向かうと、浮かんでくるのはありふれたことばかりだった。

昔のアルバムを見返したりもした。初恋の人が写っているものもあった。

中学校の同級生で、ずっと片思いのまま終わった恋だったけれど、一度ゆっくり話をしたかった。狭い田舎町のことだ。彼女はまだ独身で実家にいるというのは知っていた。緊張しながら電話をかけた。

「小松だけど」

名乗ると、すぐに思い出してくれた。

「実は白血病になって、会いたいと思った人に会っておきたくて」

正直に事情を話し、会ってほしいと伝えた。彼女は了承してくれ、車で紅葉を見に行き、車内でいろいろと話すことができた。

彼女に感謝して、笑顔で別れた。

スキー、お花見を五感で楽しむ

季節は冬。スキーシーズン到来だ。

できれば毎日行こう。蔵王は遠いから、近所の天童高原スキー場にしよう。

友だちは仕事があるから一人で行こう。

そう決めて、さっそく通い始めた。自分で車を運転して、スキー場に向かう。道々の雪景色、頬に感じる空気の冷たさなど、これまで何度も味わってきたことなのに、ひとつひとつがとても大切に感じられた。

リフトで上がっていき、一本滑る。その一瞬一瞬を味わった。滑るときのスピード感や風の感触を、全身で存分に味わった。夜空も、空に浮かぶ月や星も、目に焼き付けた。体力はあまりないので、一時間ほどの滞在だが、すべての瞬間が貴重だった。

雪が解け、春が近づいてくると、次第にそわそわしてきた。

いつ桜が咲くのか、開花の日がひたすら楽しみになった。北上してくる桜前線を特に意識したことなどはなかったのだが、この年は毎日ニュースや新聞をチェックして心待ちにしていた。無性に桜が見たかった。

四月の半ば、待ちに待った桜が咲いた。車でお気に入りの花見スポットを目指した。私が通っていた天童中部小学校のそばに大きなグラウンドがあり、その北側の道路沿いに桜並木がある。車を停めて、ゆっくりと歩いた。小学校の頃から何度も歩いた道を、一歩一歩、踏みしめながら歩いた。アスファルトから伝わってくる感触さえ愛おしんだ。

足を止め、桜を見上げた。薄青い春の空と、ピンク色のグラデーションを目に焼き付けた。近くに咲いていた桜の花に、視線を移した。なんと愛らしい花だろう。五枚の花びら、めしべ、おしべ……。理科の授業で観察をするかのように、じっくりと見た。見て、触れて、においを嗅いだ。枝が風に揺れる音を聞き、味わいこそはしないけれど、五感をフルに使って楽しんだ。

病気になる前は、五感を使うことは日常的なことで、とくに意識してはいなかった。でも命に限りがあるかもしれないと考えると、聴覚、視覚、触覚、嗅覚、味覚という五感をフルに使えることは、とても贅沢な楽しみだと感じるようになった。

今、ここにいる。何も評価せず、今という瞬間や体験に注意を向けてありのままに受け入れる。体のセンサーを使って、感じる。当時はほとんど使われていなかったが、最近ではよく聞く『マインドフルネス』だ。

桜や新緑の香りや鳥の鳴き声など、自然に触れているときはもちろん、日常生活のあちこちに溢れている。

命に限りがあるかもしれないとわかった途端にこんなに桜を愛でる気持ちが湧き上がってくるとは、なんとも不思議なものだ。桜を愛する心は日本人のDNAに刻み込まれているのだろうか。

太古の昔から桜の木には神が宿るとされ、農民たちは桜の木に豊作を祈ったという。米どころの山形では、そういった理由でも桜が愛されてきたのだろう。パッと咲き、人々の目を楽しませてすぐに散ってしまう。桜ほど華やかさと儚さの両面を持ちあわせている花はないだろう。

自分の細胞に語りかける

外を歩くときは大地からのエネルギーを感じ、降りそそぐ陽射しを浴び、時おり吹いてくる風に身をゆだね、鳥の声に耳を傾け……と、ごくあたりまえのことがとても貴重なものだと思えた。

「見るのも聞くのも、これが最後かもしれない」

常にそう思いながら過ごした。生きることを諦めたわけではない。でも最悪の事態は覚悟していた。そこは冷静でいられた。ああすればよかった、こうすればよかったと思わないように悔いのないように生きたい。

このように考えられるようになったのは、私が高校時代に触れたラエリアン・ムーブメントの影響が大きい。後に詳しく述べるが、地球人類を科学的に創造したのは創造者エロヒムであり、預言者のラエルがエロヒムのメッセージを人類に伝えている。

エロヒムが人間を創ったのはなぜか。幸せに生きるためだ。死ぬときも笑って死ぬように、と。笑いながら最後の呼吸をするように、と。
私もたとえ死ぬとしても、笑顔で死にたい。

ひとつひとつの細胞にも愛を持ち、語りかけるようにもなった。人間の体は約六十兆の細胞から成り立っている。細胞自身に意識はないけれど、意識を向けることは大事だと考えた。

人間は脳、意識、肉体、それぞれが影響しあっている。脳の機能は、肉体から影響を受けている。難病だとわかり、陰鬱な気持ちになるのは当然だが、意識次第で変わってくる。

六十兆個もあるのに、細胞にはあまり注目されていないし普段は意識していないが、細胞の声なき声を聞き、こちらから語りかける。普段意識に上らない部位にも愛を送る。見返りを求めない愛を送る。細胞一つひとつにハグするようにそしてそこに愛を送り、細胞を構成している宇宙の中に存在している生命体に対してても愛を受信しそして送信する。

「今日も働いてくれてありがとう」

愛と感謝を込めて語りかけることは大事だ。言葉をかけることで、当然、脳や肉体に影響があるだろうと考えた。肉体は物理的なものであるが、意識が変わればより高度になるだろう。免疫力が上がり、今は不調でも回復に向かうかもしれない。いや、向かってほしい。


一九九一年の春、咲き誇っていた桜は儚く散ってしまった。桜吹雪を楽しみ、目に眩しい新緑の季節となった。

さて、ノートに書いたリストで必ずやりたいことがある。

断食だ。

「これだ！」と心をつかまれた『エロヒムのメッセージ』

どうして断食をしたいと考えるようになったかというと、高校時代にさかのぼる。

私が高校生だった一九七〇代後半、世はＵＦＯブームだった。テレビでもたびたび特番が組まれていたし、雑誌『ムー』や『ＵＦＯと宇宙』などもよく読まれていた。私も非常に興味を持ち、書店に行ってはその手の雑誌や本を立ち読みしていた。

そんなある日、私は雑誌に連載されたラエル氏の記事を読んだ。

一九七三年、当時、モータースポーツジャーナリストだった著者が異星人『エロヒム』と遭遇し、人類の起源と未来に関する重要なメッセージを受け取った。今から約二万五千年前、他の惑星から飛来した『エロヒム』という宇宙人たちは、高度に発展させた遺伝子工学を駆使し、地球上のすべての生命を実験室で科学的に創造した。最初は単純な生物から着手し、次第に複雑なものへと移行してゆき、最後に彼ら自身の姿に似せて私たち人類を創造した。

「これだ！」

私は雷に打たれたような衝撃を受けた。彼の記したものは、私が本来持っていたものを呼び覚ました。

なぜ自分はこの世に生まれたのか。そもそも人間はどうやって生まれたのか？　さらには地球以外に生命体はいるのか？　宇宙はどこまで広がっているのか？　など、私が常日頃疑問に思っていたことの答えが書いてあった。

学校で進化論を学んだときから、私は人間が進化するなんてあり得ないと思っていた。なぜみんなはすんなりと受け入れられるのか。部品を空から落としたらスーパーコンピュータになっちゃったというぐらい確率的には不可能だ。人間のDNAを見ると、絶対に作った人がいる。DNAは自分で進化しない。あるとしたら退化だ。プログラマーでもある私からすると、人間を作った人が必ずいる。作った人も作られた。その人もまた……と、無限に続いている。

そういう考えだった私にとって「生命が偶発的に合成されて誕生し、進化することはあり得ない」「地球上の生命体は宇宙人によって作られた」という理論は非常に科学的で、疑う余地はなかった。

私はそれ以来『エロヒムのメッセージ』にのめりこみ、UFO関連の雑誌などは読まなくなった。

メッセージを託された際にラエルの名を与えられた氏が、メッセージを地球人類に普及することを目的として団体を創立。一九八〇年に設立された日本ラエリアン・ムーブメントは世界の中でも最も規模が大きい。

愛をもっとも崇高な価値観としてとらえており、前述したように、人類（知的生命）の存在理由は幸せに生きること、楽しむこと、自己実現のためと考えられている。

その点も私は大いに共感できた。

個人においての存在理由も自己実現であり、常に自分らしくありのままに存在し、それによって理由なく幸せであり続けること、理由なく心から笑っていること、より芸術的で感覚的、官能的であること、真剣に遊ぶこと、自己と他者に愛を与えることを人生の目的とする。

それらの教えに共感していたからこそ、白血病になっても自己実現を果たそうと考えることができたし、心から笑っていたいと思った。たとえ命が尽きるとしても、笑いながら幸せな気持ちで死にたいと考えるようになった。

後に、笑うことでがん細胞を攻撃するNK細胞が活性化するという説が一般的となった。嘘笑いでもいいから笑みを浮かべると、脳が勘違いし、ポジティブな過去の出来事や言葉を思い出させるきっかけとなり、幸福感が持続されるということが研究からも実証されている。さらに声をあげて笑うことで、体内の酸素摂取量が増え、脳から放出される幸福ホルモンのエンドルフィンが増加する。緊張がほぐれ、心拍数と血圧が低下することも、証明されている。

エロヒムがそのように人間を創った。地球を救ってくれた宇宙人の哲学は、高校生以来、私のバックボーンとなっている。

『異星人からの黙示録』の劇を作った高校時代

高校時代の私はラエリアンの思想に心惹かれ、大いに影響を受けていた。

「人間は科学的に創造されたものだと思うんだ」
友だちに話してみたこともある。
「おまえはそういう話が好きだなあ」
たいていはそんな反応をされるか、ぽかんとされるかだった。

私はテニス部に所属しキャプテンを務めていた。本来、人の上に立つのは苦手だし、大勢の人をまとめるなんていうことは、まったくもって私の器ではないと思っている。なので、キャプテンになるのは避けたかったが、なぜかなってしまった。断ることも苦手だったのだ。

部活を引退した高校三年生の秋、文化祭で、私は電子科の出し物担当となった。文化祭のテーマは『ふれあい』。だったら宇宙人と地球人のふれあいを題材にした演劇をやろうと考え、脚本を書くことにした。タイトルは『異星人からの黙示録』。

しっかりとメッセージを伝えたかったので、舞台は舞台で動きを演じてもらい、声はアフレコ。アフレコといっても、つまりは裏で声担当が脚本を読んだ。

スタッフや演者はテニス部員を集めた。後輩たちには有無を言わせず「君は演劇担当ね」「君はアフレコ担当頼んだ」と、役割を割り振っていった。

人の上に立つのも、率先して何かやるのも苦手なのに、何かを作るとなると急にスイッチが入る。


脚本が完成し、何度か練習を重ね、本番を迎えた。

宇宙人が地球人と出会うシーンから始まる。

「地球は今歴史の曲がり角にいて、黄金文明に行くか、戦争で滅びるか、今が分岐点だ」

宇宙人は語り、その場でその人のクローンを作って技術を見せる。ここは大きな箱の中から、同じ人間が出てくる。まずは笑いを取ることに、成功した。

新しいクローン技術は不死、あるいは永遠の生命への探求の第一歩となるというのが、ラエルの本にも書いてあることで、私はなるほど、と、希望を抱いていた。人間自身の複製をクローン技術により創り出すことが可能になり、新しくクローンされた脳に私たちの記憶と人格を移すことが可能になれば、永遠の生命を人類が享受できるようになるであろう。単なる夢物語ではなく、科学がどのようにして私たちの生活に革命をもたらそうとしているのかについて、ラエルが幅広い角度から興味深く説明してくれている。

ラエルの考え方に深く影響を受けていた私は、自分なりの解釈とメッセージを脚本に詰め込んだ。

「あなたはどこから来たの？」

地球人が尋ねる。

「とても遠くから」

宇宙人はフランス語で答える。

「あなたはフランス語が喋れるんですか？」

「わたしは地球上のすべての言語が話せます。なぜなら地球上のすべての人間は私が作ったから。では私の惑星に行きましょう」

宇宙人と地球人はＵＦＯに乗り込む。10分間の宇宙飛行だ。地上には自然があり、地下に超近代文明の都市があるという設定なので、飛行中は美しい景色を見下ろせる。

このシーンはスライドを流して表現した。当時はＯＨＰ。オーバーヘッドプロジェクターといい、透明なシートに記した文字や絵をプロジェクターにセットしてスクリーンに映すという、今の時代には考えられない機械で、授業中にもよく使われた。おそらく、日本中どこの学校にもあっただろう。今ならノートパソコンがあればできるが、当時の高校生としてはそれが精いっぱいだ。

音楽にもこだわった。

当時はＹＭＯが流行していた。日本を代表するテクノポップバンド、イエロー・マジック・オーケストラだ。エレクトロニックミュージックの先駆けとして世界的に評価された『ライディーン』や先進的な都市像を描いた『テクノポリス』に、私も惹かれた。シンセサイザーの音を聴いたときは、その新鮮な音色と響き、何よりカッコよさに衝撃を受けた。

私が好きだったのはフランスの音楽家でシンセサイザー奏者のジャン・ミッシェル・ジャール。ラジオで放送されていたSF小説や、サスペンスもののドラマシリーズなどでよく使われていた。彼の曲のシンセサイザーは、まさに宇宙の無機質さを想像させる音だった。映画『2001年宇宙の旅』や『スターウォーズ』『未知との遭遇』などのスペースものが流行っていた中、ジャールの電子音楽は大人気だった。

私の世界観をすべて注ぎ込んだ『異星人からの黙示録』は、文化祭で最優秀賞を受賞した。

前置きが長くなってしまったが、私は一九八六年にラエルが来日したセミナーに参加し、その際に彼は断食についても語っていた。

断食は体のデトックスに有効で、定期的な断食は肝機能や腎機能改善効果があり、免疫力がアップするということだった。

三食だと肝臓に負担がかかるということだが、三食きちんと食べることが健康の証と思っていた私にとっては驚きの事実だった。

本来であれば朝は一種類の果物がいい。できれば毎日違う果物——たとえばオレンジ、バナナ、りんごのように、違うものを食べる。週に一回二十四時間断食をする。たいへんなことのように思うかもしれないが、朝食と昼食をのぞくだけ。その間に水を二リットル飲む……などと、語っていた。

「健康を保つためにそんな方法があるのか」と、当時の私の印象に強く残った。

第三章

とにかく諦めない

絶対に諦めてはいけない
希望を持ち続ける方法。
自分の体との向き合い方

絶対に断食をしたい。
強い思いを抱き、単身カナダへ。
異国の地で「謙虚に生きたい」との思いに到達する。

信頼できる主治医との出会い

病名がわかってからの私は、やりたいことをやりつつ、入退院を繰り返していた。担当の矢萩明人先生は私より三歳年上。当時三十代前半の若い先生だったが、実にいい先生だった。こちらの質問に誠実に答えてくれたし、一緒に考えてくれた。偉ぶることなどまったくない。常に患者の目線に立ち、寄り添ってくれた。医師としてはもちろん、人間として信頼できた。先生も時折、自分の家族のことや、お酒が大好きだという話をしてくれた。

「先生、私は大阪の病院で処方されていたブスルファンは捨てていたんです」

以前の病院の入院生活についても正直に話した。

「ああ、そう。でも今こういう安定した状態だから、逆によかったかもね」

先生は、けっして患者の言うことを否定しない。

「なんでブスルファンは飲まなかったの？」

「どうして飲まなくちゃいけないのか、納得できる説明をしてくれなかったたんですよ。入院している理由すらよくわかっていなかったんですから」

「そうか。じゃあインターフェロンにするか」

インターフェロンによる治療は白血病細胞を減少させ、急性転化を起こすのを遅らせるといわれている。矢萩先生は丁寧に説明してくれた。


慢性骨髄性白血病にとって怖いのは急性転化だ。

慢性期から移行期になると、白血病細胞がさらに悪性化し、増殖する能力がより高く薬が効きにくいものになる。その後、骨髄の中が悪性化した芽球でいっぱいになってしまう急性期へと進行してしまう。機能を持っている血液細胞が減ってしまうので、症状としては強い貧血や高熱、出血しやすくなるなどの症状が表れる。より強い薬を使ったり造血幹細胞移植をしたりしても病気をコントロールすることは難しくなる。そして、急性転化はかならずやってくる。


インターフェロンは自己注射が可能だ。自分で腹の脂肪に打っていた。仕事がある日は昼休みに打っていた。熱で免疫を上げる仕組みなので、副作用として発熱する。ちょうど退社の時間ぐらいに熱が上がってくるので仕事はどうにかこなしていたものの、なかなかきついものがあった。

インターフェロンだけでなく、天然型、アルファ型遺伝子組み換え型も試した。アルファ型で完治した人もいるという話だったので希望を持ち、四カ月ほど試した。白血球は抑えられてきたが、完治には至らなかった。

生きたいという前向きな気持ちと、働きながら闘病する辛さと、検査のたびに完治に至ってはいないという失望と……。この時期は心が折れそうになることもあったが、周りへの感謝する気持ちだけは失わずにいた。

姉とＨＬＡの型が一致する

その間、骨髄移植の可能性も探っていた。

「骨髄移植を考えているんだけど、それについてはどう考えていますか？」

矢萩先生が私に尋ねた。

「私ももちろん考えています。先生がやった方がいいと思うのならお願いします」

私は答えた。とはいえ、すぐに骨髄移植の決断をすることはなかった。移植＝必ず治るということではない。骨髄移植には大きな危険を伴う。

「でも骨髄移植は失敗したら死ぬんだよね」

先生は正直に言った。

「それもわかっています。だったらやりたいことをやってみてから移植したいと思っています」

当時はまだ骨髄移植の件数が少なく、成功率は五割に満たなかったのではないか。拒絶反応があるからだ。移植が失敗に終われば、待っているのは「死」だ。移植をすると、その先にあるのは死か生かはっきりする。少し後になってから矢萩先生から「実は成功する確率は六％だったんだよ」と打ち明けられた。

慢性期の血液検査の状況のいいときに移植をするべきではあるが、いつ踏み切るか。そのタイミングが難しい。骨髄移植をやるなら早い方がいい。早ければ早いほどいい。時間に余裕がないのは確かだが、断食だけは譲れなかった。

骨髄移植は白血病だけでなく、重症の再生不良貧血などの血液難病の患者に、提供者（ドナー）から正常な骨髄液を提供してもらい、患者の静脈内に注入して移植する治療法で、今ではよく知られているし、治癒率も高い。だが当時、日本ではまだそれほど移植例はなかった。私が通っていた山大病院でも、骨髄移植の前例はなかった。

私が白血病になった一九九〇年はまさに骨髄バンクの設立に向けての動きが最終段階を迎えていた頃。まだまだ骨髄移植は一般的ではなかった。

骨髄移植は、骨髄を提供する人と患者の血液の型――ＨＬＡ（白血球の型）が一致していないといけない。ＨＬＡの型にはさまざまな組み合わせがあり、同じ型のＨＬＡを持つ提供者を探すのは困難だ。ＨＬＡ型の適合率は、血縁関係がないと数百人から数万人に一人の確率。だが、両親が同じ兄弟姉妹なら四人に一人（二十五％）の確率で一致するそうだ。

姉がＨＬＡ検査をした結果、私と完全一致だった。姉も喜んでくれ「茂のためならもちろん提供する」と同意してくれていた。ドナーが見つからない患者が多い中、移植ができる状態にあることは、実に恵まれている。

骨髄移植の可能性が広がり「助かるかもしれない」と、一条の光が射した。


移植の準備（前処置）として、まず大量の化学療法や放射線治療で異常な造血幹細胞を根絶し、同時に私の免疫系を破壊する必要がある。そうでないと、移植した造血幹細胞が異物とみなされ攻撃されてしまうからだ。私はその前に、一度体内をきれいにしておきたかった。

断食をして体から薬の成分を全部出したかった。だが急性転化してしまってからの移植は難しい。

断食への尽きぬ思い

一九八六年、ラエル氏が来日した際のセミナーで、断食のことは聞いていた。気になっていた私は、断食にはいつか本格的に取り組んでみたいと思っていた。そのときがきたのだ。悔いなく生きたい。ならば断食に取り組みたい。体の中をきれいにするには、まさに今だ。とにかく後悔だけはしたくない。

もしかしたら、病気が良くなるかもしれない。かすかな望みも抱いていた。

ラエルの教えに従い、断食は体のデトックスに有効で、定期的な断食は、肝機能、腎機能改善の強化に効果があり、免疫力がアップするはずだと考えるようになった。ラエルは、断食によって健康な状態を維持することが可能だと言っている。

人間は消化にエネルギーを使う。食べるという行為は栄養補給のために大切だが、同時に栄養補給後の食べかすを積もらせ、毒素をためることにもつながる。毒素をためることが、体調不良のきっかけにもなる。

食べないことで胃の中が空になり、体内での消化活動を抑える。腸にも食べかすがいかないので、胃腸がいつもの仕事量を体内メンテナンスに割いてくれ、不調が改善する。食を断つことで胃が休まり、肝臓が消化酵素を作るのを休ませ、体を解毒に専念させるのだ。

生活習慣病の多くの原因は食べ過ぎともいわれている。定期的な断食は、肝機能、腎機能改善の強化に効果があり、免疫力がアップする。食べないという選択は、健康になるために必要なステップだ。

高校時代にラエルの教えに触れてからは、一日断食（朝食と昼食を抜き、二十四時間にわたって食品が体に入らないようにし、ミネラルウォーターを一・五リットル以上飲む）、半日断食（一食を抜き、十六時間にわたって食品が体に入らないようにする）などは時折実践していた。

今では一般的となっているが、当時は水を買う時代ではなかった。日本では、水は蛇口をひねれば出てくるもの。無料で手に入るものだった。学校でも生徒たちは蛇口から直接水を飲んでいた。私が働き始めた頃は日本の景気が良かった時代ではあったが、ミネラルウォーターを買う人は少なかったし、種類も今ほど豊富ではなかった。そういう時代背景の中、私はラエル氏の教えに従ってミネラルウォーターを飲み、体調の悪いときは短期間の断食をしていた。

子ども時代は西洋医学に頼り切りだった。あの時代にはありがちというのか、母親は幼い私がちょっと風邪をひくと小児科に飛んでいき「先生、悪いところがあったら注射してください」というタイプ。医者の言うことは絶対で、注射を打てば治ると信じていたようだった。

だが自分で体調を管理するようになってからは、できるだけ体に余計なものを入れずに、風邪などは断食をしてうまく経過させていた。

さて、具体的にどう動くべきか。

まずは禁煙だ。白血病だとわかってからもやめられずにいたタバコを断食前にやめることにした。ミネラルウォーターを早くから取り入れ、カナダまで行って断食をして体内をきれいにするのに、タバコを吸っていては元も子もない。禁煙は辛かったし、タバコを吸っている夢まで見たが、歯を食いしばってやめた。

タバコを吸いはじめたのは、比較的早い時期だった。私が若い頃は、飛行機の機内にも灰皿がある時代。街でも、店の中でもタバコが吸えた。吸うのは当然、という感覚で吸っていたが、体に悪いのはわかっていた。

私の体がむしばまれていたのはタバコの吸い過ぎかもしれないと、ひそかに思っていた。

セミナーで知り合った溝江淳三さんに断食について相談してみた。ラエリアン・ムーブメントのアジア大陸責任者で、アメリカのＴＤＫの駐在員を務めた方だ。溝江さんは新しいメンバーがセミナーに出席すると、率先して話しかけてきてくれた。「どこから来られましたか？」「山形県です」と答え、会話を交わすと、次に会ったときにはちゃんと山形から来た小松さん、と、私のプロフィールを覚えてくれている。みんなに慕われていて、私も溝江さんを頼りにしていた。

溝江さんは、断食をするのなら、カナダのファームローカンという施設がいいと教えてくれた。紹介してくれるとのことだったので「よし、カナダに行こう」と、決意した。

国内でも調べてみたのだが、当時は日本には宗教的な修行の一環としての断食道場ばかりで、断食しつつもお粥を食べたりする。そうではなく、完全に断食をしたかった。

「断食をするためにカナダに行こうと思っているのですが」

職場の医務室で、医務員と看護師に話してみた。けれど二人とも反対だった。

「断食？　しかもカナダで？　勧められないなあ」

「小松さん、早く決断した方がいいよ」

予想はしていたが、そのような言葉が返ってきた。

当然、矢萩先生にも話してみた。私が強い意思を持っていることがわかると、先生は「わかった。行ってくるといいよ」と、理解してくれた。矢萩先生はいつだって私の話を聞き、私の思いを尊重し、けっして否定しない。脅したりしないし、プレッシャーもかけない。

上司や同僚たちにも、カナダの断食施設に行きたいという話はしていた。変わった奴だなと思われてはいただろうが、あたたかい目で見守ってくれた。そして、当時は二年間の病気休暇制度があったので、申請した。給料も半分出るので、実にありがたい制度だ。

ファームローカンがあるのはカナダのケベック州。公用語はフランス語だ。日程などはファックスでやりとりすることになったのだが、上司は私が休んでいるにもかかわらず「現地とのやりとりには会社のファックスを使ってもいいぞ」と、許可してくれた。

担当医、職場の上司や同僚、周囲の人には本当に恵まれていた。

侍スピリットで三十二日間、断食を乗り切る

九月十七日、カナダに旅立った。空港に到着すると、現地のラエリアンの方が迎えに来てくれ、その方の家に一泊。初対面だし、言葉は通じない。だがどうにか雰囲気で乗り切った。初対面の、しかも外国人であっても、不思議と度胸がついていたというか、悔いなく生きたかったので、コミュニケーションを楽しんだ。

翌十八日、ファームローカンに到着。ファームというだけあってあたりは牧場が広がっている。山形でも広大な景色は見てきたが、比較にならないほど広い。

会社の保養所のようなごく一般的な宿泊施設で、個室を与えられた。窓の外には森が広がっていた。

まずはスイカ、オレンジ、ブドウなどの果物を摂り、体のチェックなどをしてもらいながら、断食の準備に入った。

一日目は三食、二日目は二食、三日目は一食と減らしていき、二十一日から完全断食を開始した。ミネラルウォーターを毎日なるべく二リットル。週に一回、生搾りのオレンジジュースを必ず飲む。

外に出てはいけないということで、ベッドで横になっているか、椅子に座っているか。人間の体力を免疫に傾けるために、体力を浪費しないでね、ということだ。毎日二回、問診と血圧チェックがあるぐらいで、ほかにやることはない。私は施設にあったフランス料理の本を見ていた。

空腹時に料理の本など精神的によくなさそうだが、食べたことのない食材や料理を見るのが楽しく「断食を終えたら自分で作ってみよう」という気持ちになった。これまでに見たことも聞いたこともない食材でも食べてみたいという欲求が湧いてきた。実際は自分では手の込んだ料理などしないし、帰国してからも作らなかったのだが。

一週間、二週間と経つうちに楽になると言われていたけれど、楽ではない。何かを口にしたいという欲求が完全になくなることはなかった。とはいえ、命を懸けて断食をしているのだから、ギブアップしたいとは思わなかった。体は辛いが、そんな反応も楽しめた。辛いのも、生きているから。私にとっては辛さを味わえることも生きている証。幸せなことだ。


人間は四十二日間連続断食に耐えられるというのを知っていたので、トライしたかった。現地の生物学者にも伝えた。

「病気をしていない人の場合は耐えられると考えられています。でもあなたの病状を考えたら、そんなに長くは勧められない」

結局、彼と話し合い、私は三十二日間断食をした。

「あなたはサムライスピリットを持っている」

彼はやりきった私を讃えてくれた。

瞑想によって「謙虚に生きたい」との境地に至る

断食中は体が動かなくなるのと反比例して、頭はどんどんクリアになっていった。部屋ではよく瞑想をし、ゆったりと呼吸をしながら自分の心と体に意識を向け、自分の免疫に愛を与えるよう語りかけた。心が落ち着き、よけいなことを考えることなく、脳を休ませることができた。

瞑想中はイメージを広げた。人間を創ったというエロヒムに彼が住む惑星に連れて行ってもらい、一緒に瞑想して体を治してもらって帰ってくるという瞑想をしていた。

断食しているうちに、欲がなくなった。

病気を克服してもっと生きたいという思いはもちろんある。でも、私は今、ここにいる。ただそれだけ。すべてを受けいれようという気持ちになれた。無欲になれた。

目標はブッダ。

ブッダは修行の末に、人間に苦をもたらすのは人間自身の心のうちにある執着という煩悩であり、これをなくせば苦はなくなると悟りを開いた。

生まれた人間はみんな等しく老い、病気になり、死を迎える。老、病、死が苦しいと思うのは、若さ、健康、生命に執着するから。

三十二日間断食しただけでブッダのように悟ったとは畏れ多くて言えない。でも私も執着はなくなった。そして、謙虚でいたいという境地に達した。

まず何に対して謙虚でいたいかというと、死んだら天国に行くなどという思いは抱かないということ。死んだら無になる。その事実を深く理解した。

生きることを諦めない。でも生に執着しない。喜びを持って生きる、でも最悪の事態が訪れた時は、全てを受け入れる。

矛盾しているようだけれど、そうではない。カルシウムとマグネシウムの関係のようなものだろうか。カルシウムとマグネシウムは、互いに作用しあって身体機能を維持・調整するため、一定の割合で存在することが大切だが、私の考え方も同じだ。

今になって思い返すと、断食を終えた後の私は脳が冴え、悟りの境地に達し、ある意味「最強」の私だったように思う。精神が一番強かった。

オレンジを五感で味わう

十月二十二日に完全断食終了。体重は六十三キロあったのが五十キロに減っていた。

体が回復するまで三日間は施設で過ごした。外に出てもいいよ、と許可が出たので、散歩に行くことにしたが、髭が伸び放題だった。まずは髭を剃り、それまでは窓からしか見られなかった施設の周りをゆっくりと散歩した。カナダはもうすぐ雪が降るという季節。広大な森の中は、シンと静まりかえっていた。気温が低いのにハエが飛んでいたのが意外だった。寒いので、ゆっくりと飛んでいたのをよく覚えている。

食事は断食明けの翌日から果物と野菜を食べ始め、徐々に戻していった。断食明けに最初に食べたのはオレンジ。手で触れて感触を楽しみ、目で見て、においを嗅ぎ、舌で味わう。五感をフルに使い、楽しんだ。走れないだけで五感は研ぎ澄まされていた。

「なんておいしいんだ」

愛撫するようにむしゃむしゃ食べた。三十分くらいかけて味わった。

ラエリアンの考え方をしている私は、すべてのものは作られたと思っている。食べ物はおいしさまで設計されていると言われているが、まさにそう思う。オレンジを設計して作った人はすごい。リスペクトしながら味わった。オレンジのDNAを読み取れるぐらい満喫した。体のすべてで食べた。

それ以来、食事は全部そうやって五感で楽しみ、DNAを感じながら食べるようにしている。

断食施設を出た後も、ラエリアンの親子の家にお世話になった。十月三十日が私の誕生日なので、ケーキを用意し、祝ってくれた。断食の前後に、異国の初対面の人にお世話になるという、貴重な体験をした。私自身も地方の人間なので「遠くから来た人はもてなす」という習慣が身についていたとはいえ、今思うとなかなか思い切ったことをしたように感じる。すべては「悔いなく生きたい」「縁を大事にしたい」という気持ちからだろう。縁あって出会った人と交流を持ちたかったし、笑って過ごしたかった。ラエル氏も、笑顔で過ごすようにと私たちに説いている。

レストランのバイキングにも行き、当時はまだ日本では珍しかったアボカドやパプリカのおいしさを知った。その後観光などをして、十一月四日に帰国した。

成田空港には、千葉県に住んでいた高校時代の友だちが迎えに来てくれた。出発の際に送ってくれたのも彼なのだが、空港に到着した私の面差しが一カ月前とあまりに変わっていたので、最初は私だとわからなかったようだった。

第四章

苦難を乗り越えた先には明るい未来が待っている

姉からの骨髄移植

やりたいことをすべてやり、試練に立ち向かう

過酷な抗ガン剤治療を経てついに骨髄移植へ。
姉からの骨髄移植で大いなるエネルギーをもらい、
二度目の誕生日を迎える。

骨髄移植に向けて動き出す

カナダから帰ってくると、山形はすっかり紅葉の季節を迎えていた。やりたいことリストを書いてから約一年が経っていた。

これでやりたいことリストは完了だ。

「断食を終えました」

検査のため、久々に山大病院に行くと、矢萩先生はかなりスリムになった私を見て驚いていた。断食の前から足掛け五十日間、薬を飲んでいないのに、体調はとてもよかった。

「教授も小松くんの話を聞きたいと言ってるんだ。いいかな？」

あるとき矢萩先生に聞かれた。

「もちろんです」

私は別日に教授室を訪ねた。教授に断食体験を話し、問診などをしてもらった。

「断食はある病気にはとても効く」

教授が言ってくれ、嬉しかった。

「ただ白血病は難しい病気だからね」

教授は言った。

私は、断食後の検査結果を楽しみにしていた。薬を飲まずに断食をして抗がん剤を飲んでしまうと自分の細胞を殺すから免疫を下げる。自分の免疫力だけでトライしてみたかった。治っているのではないかという期待があった。

「小松くん、驚いたよ。治ってるよ！」

矢萩先生が目を丸くしてそう言うのを聞きたかった。

だが結果はそううまくはいかなかった。

「白血球の数は六万だね」

減ってはいたけれど、正常値には戻っていなかった。

「そうですか。ではもうあとは骨髄移植しかないですね」

覚悟が決まった。

「私も移植しかないと思う」

矢萩先生も同じ考えのようだった。

「小松くん、骨髄移植、うちでやりたいと思っているんだ」

先生は真剣な目で言った。

「はい、お願いします」

私はすぐにうなずいた。

矢萩先生のもとで骨髄移植をしたい。私もそう思っていた。先生でなければ、骨髄移植の実績のある病院に転院していただろう。実績のない山大病院では私が骨髄移植第一号となる。でも矢萩先生なら信頼できる。命を預けられる。

さまざまな症状に悩まされる

骨髄移植の時期は一九九二年の九月と決まった。

しばらくすると、股関節が痛くなった。骨髄で増えた白血病細胞が肝臓や脾臓などの臓器に入り込むと、骨や関節の痛みなどの症状が表れることがある。

検査すると白血球の数が十倍になっていた。次第に歩けなくなり、松葉づえ生活になった。

いよいよ入院が必要となり、姉が以前地元で働いていたときの病院が近かったので、一週間入院することになった。断食の間、まったく薬を飲んでいなかったが、そこで痛み止めを飲むこととなった。

退院後、間を空けることなく山大病院に長期入院となった。骨髄移植に向けて、増えてしまった数を減らさないといけない。白血球を抑える薬と抗がん剤を投与することとなった。

同じ部屋には、再生不良性貧血で入院している男性がいた。同世代でNECに勤めていたので互いに親近感が湧き、よく話をした。互いの病状や、治療状況についても話し、励まし合う仲だった。

彼も骨髄移植を希望していたが、一致する血縁者はいなかった。一九九一年十二月、まさに私が入院した頃に財団法人骨髄移植推進財団が設立。彼にもドナーが五人見つかったのだが、全員に拒否されてしまった。

「仕事が休めない」

「家族から反対された」

という理由が主だった。骨髄提供者側も提供前後の健康診断や手続きなどのために通院が必要となるし、いざ採取となれば一週間前後の入院が必要になる。都合をつけるのは難しいというスケジュールの問題がある。また、家族の同意が必要だ。骨髄移植の提供者は手術室に入り、全身麻酔をかけられる。そして腰の骨に直径二ミリほどの太い注射針を刺し、骨髄液を採取する。何カ所も刺し、多い場合は一リットル以上の骨髄液を採取することもある。液の量が多い場合であっても骨髄はすぐに再生して元通りになるが、問題は全身麻酔だ。見知らぬ患者のために全身麻酔をかけるとあっては、家族の反対があっても仕方がない。登録したときは健康でも、適合通知があった時点でその人自体が何かの病気の治療中だったり、妊娠中だったりと、タイミングが合わないこともある。

非血縁者間の移植は、そういった点が難しい。家族間でも拒否する場合も珍しくない。

骨髄移植をしても必ずしもうまくいくとはかぎらないが、それでも、姉とHLAの型が一致し、なおかつ姉が提供を同意しているという状況にある私は選択肢が増えたわけだ。その点では非常に恵まれていた。置かれている状況と、何より姉に、感謝しなくてはいけない。

結局彼はドナーが見つからずに亡くなった。非血縁者間骨髄移植第一例が実施されたのは一九九三年。まだしばらく先のことだ。

不良入院患者

入院生活は数カ月に及び、私は『山大病院の主』と呼ばれていた。第三内科の病棟がある十階のことはとくに何から何まで知り尽くしていた。病棟の看護師のみなさん——当時は「看護婦さん」と呼んでいた——の名前と顔は全員一致していたし、全員と仲が良かった。看護師たちは同世代が多かったので、友だちのように話ができた。

「どのあたりに住んでるの？」

「小学校はどこだったの？」

などというたわいもない話ばかりだったが、とても楽しかった。みんながいい人だったので、入院生活は苦ではなかった。

通院に使っていた車をずっと駐車場に置いてあったので、時おり私服に着替えてはこっそり病院を抜け出していた。こっそりといっても、みんなわかっていた。

駐車場に停めてある車に乗り、よく通っていたのが車屋だ。

「今は入院してるけど、退院したら新しい車を買いに来ますから」

店の人とも仲良くなり、そんなことを話していた。

退院したら一人暮らしをしようと考えていたので、不動産屋にも行き、よさそうな物件に目星をつけていた。

「今日は不動産屋に行ってきたよ。こんな物件があってさ」
看護師たちにも悪びれずに報告していた。まったく不良患者だ。

火傷騒動

移植一カ月前の八月に無菌室に入った。無菌室はその名の通り、室内を無菌状態に保つ特別な部屋だ。都市部の大病院では、厳密な無菌状態が保たれた無菌室が備えてあるだろうが、山大病院ではビニールのカーテンで仕切られた準無菌室だった。中には空気清浄機が備えてあった。私は二十四時間無菌室で過ごす。ポータブルトイレと電話があり、外部にも電話ができる状態になっていた。

医師や看護師も、無菌室用の特別な医療着と無菌手袋を着用しないと中には入れない。とにかく細菌を持ち込んではいけない。

無菌状態で、患者には前処置が施される。

無菌室に入る前に体毛を剃ることになり、除毛クリームを渡された。手足の毛と陰毛に塗るためなのだが、私は睾丸にまで塗ってしまった。すると、熱を持ってしまい実に痛い。火傷したようにピリピリした。

「そこに塗っちゃダメよ」

看護師も慌てていた。何しろ骨髄移植第一号だったのでマニュアルがないのだ。

睾丸は火傷状態になってしまい、その治療に時間がかかった。

「火傷用のクリーム塗ってあげようか？」

看護師が言ってくれたが断った。医療従事者とはいえ、女性にそんなことをされるのは恥ずかしい。今では笑い話だが、本当に痛かった。

火傷騒動もとりあえずおさまり、無菌室での治療が始まった。

山大病院では私が骨髄移植第一号。後から聞いた話だが、矢萩先生ら医師はもちろん、看護師たちも研修を受けて臨んだということだった。

看護師たちの存在に救われた無菌室での日々

無菌室という場所には体の外部を無菌状態に保って入るが、骨髄移植を成功させるためには体の内部も無菌状態にしなくてはならない。抗生物質やら何やら、実にさまざまな薬を服用した。

抵抗力ゼロの状態だ。そのうえ治療や栄養補給のための点滴を受けるので、腕は針の痕だらけだった。

無菌室に持ち込むものはすべて滅菌処理をしなくてはならない。食事は加熱食のみ。電子レンジの時間がとてつもなく長い。パッケージがパンパンに破裂しまくった熱々の状態で、あまりおいしくない。

水はカルシウムが入っていない状態の、100%濾過された超純水。

「何これ？」

顔をしかめたくなるほどまずいが、ほかのものは飲めない。

前処置の日々、救われたのは看護師のみなさんの存在だった。無菌室にはカメラが備えてあったが、二十四時間二交代制で看護師がつく。前述したように、彼女たちとなんでもないことを話すことで救われていた。移植一週間前から抗がん剤治療が始まるが、それ以外はのんびり過ごせた。看護師のみなさんたちも、無菌室担当の日は小松さんとおしゃべりできて楽しいと言ってくれていた。

「小松さん、雑誌を持ってきたよ」

退屈な私のためにさまざまなものを持ち込んでくれたのはありがたかった。もちろん雑誌にも、厳密に滅菌処理を施してある。あるときは、当時話題になっていた女優の写真集を持ってきてくれた。私のためにと、何人かの看護師で相談して買ってきてくれたらしい。

「すごくきれいだね」などと言いながら、彼女たちとみんなでその写真集を見た。

移植の日は九月九日と予定されていた。「九月九日は、なんか縁起悪そうだなぁ」と言ったら逆に「救急の日なんだよ」と看護師さんから説明された。

その四、五日前から、移植に向けて大量の抗がん剤を投与する。私の体の中の白血病細胞というガン細胞に侵された骨髄を完全に叩く。骨髄を死滅させて、血液を作り出せない状態にする。その状態で、健康な人――私の場合は姉――から採取した骨髄を入れる。

私の骨髄が少しでも生き残っている状態で移植したら、私は確実に死ぬ。とはいえ、致死量以上の抗がん剤を入れているのだから、入れすぎると死に至る。その割合が難しい。

私の場合は致死量の二・五倍の抗がん剤だった。無菌室以外でこんなことをしたら、殺人行為だ。だが私はそれを自分で飲むのだ。

全身に多量の放射線が照射される場合もあるが、私はしなかった。

ご自身やご家族が苦しまれた方はもちろん、ドラマや書籍で知ったという方も多いと思うが、抗がん剤治療を始めると髪が抜けたり、吐き気に襲われたりする。

わかってはいたし、覚悟もしていたが、想像を絶する苦しさだった。何かを口に入れると、吐き気と下痢に襲われ、前から後ろから、すべて出た。六十兆個の細胞が悲鳴を上げているのがわかった。

吐き気がひどく、看護師がカーテン越しに手を入れて背中をさすってくれた。髪の毛も抜けた。抜けるというより、毛根が細くなり、切れてしまうのだ。全身のありとあらゆる毛が抜けた。眉毛も鼻毛もなくなった。

ガン細胞だけではなく、私の骨髄も死滅する。そのうえで姉の骨髄を移植するのだ。移植された姉の骨髄が私の体の中で生着し、健康で新鮮な血液を作り出せば、とりあえずこの段階では移植成功だ。とはいえ、体調が元に戻るまでにはまだまだ長い道のりではあるのだが。

二度目の誕生日

姉も移植に向けて一週間前から入院していた。当日は全身麻酔で、腰骨付近に太い注射針を刺し骨髄を採取する。提供者の状態によって違うだろうが、姉の場合は百か所ほどだと聞いた。数日間、傷痕は残るし、痛みも残る。姉の体にも相当な負担をかけることになる。

だが、予定していた九月九日にはまだ骨髄に自分の細胞が残っていたようだ。

「あと三日、抗がん剤治療を続けましょう」

矢萩先生は言った。

「え、まだやるの？」

もうすでにヘロヘロになっていたが、仕方がない。生きるためだ。私には、生きるチャンスが与えられているのだ。三日ぐらいなんてことはない。

九月十二日、ついに移植の日を迎えた。

姉から採取した骨髄液を、点滴と同じ要領で私に注入する。麻酔もない。骨髄移植は、それまでの治療は非常に苦しいが、当日は短時間だ。

生着しなければ失敗だが、姉の骨髄が入ってきた瞬間に「これで生きられる」と確信した。一秒一秒、エネルギーが注ぎ込まれるのを、実感していた。「姉の血液を無駄にしない」「姉の健康な血液を攻撃しない」「姉からもらった命を大事にする」

そんなことをイメージしながら点滴を受けた。時間は二十分ほどだっただろうか、どんどん体が変化しているのを感じていた。

「姉ちゃん、ありがとう」

移植を終え、姉が無菌室に顔を出したときは思わず抱きついた。姉と抱き合うなんて、幼い頃以来なかったので、姉のほうは驚きの表情を浮かべていた。

姉にはどれだけ礼を言っても足りない。結婚して家庭を持ち、幼い子どもが二人いたのに、私のために入院してくれた。全身麻酔をかけるのだから不安もあっただろう。それなのに姉を送り出してくれた義理の兄やそのご家族にも感謝しかない。

移植以降、私は姉に反抗しようという気持ちになることはないし、姉弟喧嘩なんてありえない。姉にもらった命を大切に生き、社会に貢献できるような人間になりたいと心から思った。

一九九二年九月十二日、私の第二の誕生日だ。毛利衛宇宙飛行士がスペースシャトルで宇宙へ飛び立った日私はスペースシャトルを無菌室で観ていた。後にその日が『宇宙の日』とされた。

生への希望

移植後も、しばらく無菌室での入院の日は続いた。翌日から少しずつではあるが、日常の生活に戻る準備が始まった。毎日二交代制でやってくる看護師の方たちと話ができる、楽しい時間が戻ってきた。

「わざわざ来ることはないよ。ちゃんと生きてるし、一人で平気だから」

親にはそう伝えておいた。

移植一週間から二週間は、姉の骨髄が私の体内に生着したかどうかを見極める時期だ。姉の骨髄が健康で新鮮な血液を作り始めなければこの移植は失敗だ。だが移植をしたその瞬間から私の体の中にはエネルギーがみなぎっていたし、自分としては体内にどんどん健康な血液が生まれている感覚があった。姉から提供された骨髄細胞と自分の細胞がこれからも調和し、共存していくことを心に誓った。

だが、生着した骨髄が血液を作り出す一方で拒絶反応が出てくる。移植された骨髄が私の体を攻撃する。その拒絶反応を抑えるために免疫抑制剤が投与される。骨髄が私の体を異物と認識する免疫力を抑えるということだ。免疫を抑制するということは感染症にかかりやすくなるのだが、臓器移植をした患者には欠かせない薬だ。だからまだまだ無菌室からは出られない。幸い、私には拒絶反応は出なかった。姉の骨髄と私の体の相性がよかったようだ。

次第に血球のデータもよくなり、白血球の数も増えていった。私の骨髄を検査したところ、生着したことが確認された。

ずっと生きられるかもしれない。

目の前にちらついていた死が影をひそめ、目の前に道が開けた。

順調に経過したので一カ月後に一般病棟に移動することになった。お世話になった看護師のみなさんと記念撮影をし、久々に無菌室から廊下に出た。たとえ病院の廊下であっても外の空気を吸えるのは嬉しかった。無菌室内ではベッドとトイレの往復ぐらいしかしていなかったから、足の筋肉が弱っていた。それでも晴れ晴れとした気持ちだった。

その後も引き続き感染症を警戒しつつ、食事が普通食になるなど徐々に普通の生活に戻り、移植して三カ月後、一九九二年末に退院した。

第五章

「余命3カ月」から生還したことで得たこと

「恐れない」+「諦めない」=「強く生きる」の方程式

移植した骨髄が無事に生着し、日常生活へ。
免疫年齢ゼロ歳からの
新しい人生における新しい出会いと新しい家族。

父の気持ち

退院後、実家に戻ると、妙に私の部屋が片付いていた。どうやら父がもう私は帰ってこないものと考え、私の部屋にあるものを処分していたようだ。今でいう断捨離が済んでいた。

「茂は帰ってこないものだとみんな思っていた」

後になり、親戚のおじさんがそんなことを言っていた。おそらく家族は成功する確率は六％だと打ち明けられていたのだろう。

「親なのに、俺の命を諦めていたのか！」と怒るところかもしれないが、私は笑い話として受け止めることができた。逆に「部屋をきれいにしてくれてありがとう」という気持ちになった。

断食した際の、ある意味究極の肉体と精神状態、その後の辛い抗ガン剤治療、そして姉からの骨髄移植などを経て、私の中に、怒りという感情はなくなってしまったようだ。

冷たい父のように思われるかもしれないが、私の入院中、両親は骨髄バンク早期実現のための講演会などに足を運んでいたようだった。当時は一刻も早い骨髄バンクの設立を訴えた運動が全国で起こっていた。

息子の病状を心配しつつも部屋を片付ける。そのときの父の心情を思うと、せつないものがある。息子が自分より早く逝ってしまうかもしれない。逆縁だ。現実と直面するのは辛かっただろう。日々、私の死についてばかり考えてしまい、自分の心を保てなかったのかもしれない。息子はもう帰ってこないと心を決めることで、どうにか立っていることができたのではないか。死を覚悟しつつも、悔いなく生きたいと願っていた、私とどこか通じるものがあったのかもしれない。

死を宣告される病気にかかると、患者本人はもちろん、周りの人間も絶望の淵に突き落とされる。先の見えない不安、戸惑い……。それらの重圧に押しつぶされながらも、病気になった患者を支えなくてはならない。一番辛いのは患者なのだから弱音を吐いてはいけないと、自分を追い込んでしまうのかもしれない。

骨髄バンク設立のための運動をしている方たちや、支援している方たちも、多くは患者の家族だ。

念願の一人暮らし

退院し、がらんとした自室に戻った私がすぐに実行しようと思ったのは一人暮らしだ。入院中にめぼしい物件はチェックしてあった。山大病院の近くの、洒落たアパート。築年数は浅く、フローリングでロフトがある。会社の寮以外で純粋に一人暮らしをするのは初めてのことだった。

車も買った。通勤より通院を優先したので、会社までは少し離れているけれどドライブがてらちょうどいい距離だ。ちょうど二年間の休暇期間が終わったので、仕事には退院してから四カ月後の一九九三年四月に復帰した。

移植後、私の免疫力はリセットされた状態。これまでに受けた予防接種などで得た免疫力は低下。赤ちゃんのような免疫力なので、感染症には細心の注意を払わねばならない。免疫のシステムが正常レベルに回復するまでは長い道のりだ。

移植して一年間は、免疫抑制剤を服用するが、通常、十分な効果が出るまでに数カ月以上かかるため、副腎皮質ステロイドと併用し、徐々に副腎皮質ステロイドを減らしていく。私はプレドニンというステロイド内服薬を飲んでいた。移植直後に拒絶を起こさないための処理だと説明され、自分でも理解して飲んでいた。プレドニンは副作用としてクッシング症候群がある。副腎のコルチゾールの分泌が過剰になることにより、さまざまな症状をきたす病気の総称だ。顔が丸くなる満月様顔貌——ムーンフェイスや、体幹に脂肪の付きやすくなる中心性肥満などの見た目から分かる症状のほか、階段の上り下りが難しくなる筋力低下や高血圧、糖尿病や骨粗しょう症……精神的なものでは鬱病などもある。

私も見た目は顔の形が変わるぐらいパンパンになった。体毛が濃くなり、手足は五分刈りのバリカンで剃らないと間に合わなかった。髪も剛毛になり、眉毛がつながった。

見る人が見れば「この人は免疫抑制剤を飲んでるな」とわかる。それでも薬をやめるわけにはいかない。外見上の変化も乗り越えねばならない試練の一つだ。

とにかく、風邪をひかないように、徹底的に気を付けていた。人との接触も細心の注意を払っていた。人付き合いも最低限。濃厚接触などとんでもない。性欲が湧かないわけではない。むしろ女性と知り合いたい。とはいえ、この時期は女性とどうこうなっては相手に迷惑がかかってしまう。

免疫的には、まだゼロ歳、赤ちゃんの状態だ。大事に過ごさないといけない。何をするにも慎重にしていたし、羽目を外すことはなかった。

移植一周年の検査結果は良好だった。血液の状態は一般の健康な人間とほぼ同じ状態だということだし、白血病のがん細胞は発見されなかった。

矢萩先生も、よく頑張った、と、笑顔だった。成功する確率は六%。乗り越えられたようだ。

「これで自由になれる!」「ようやく薬を飲まなくてよくなった!」

その場で叫びたくなるほど、開放的な気分だった。アドレナリンが体の中を駆け巡るように、高揚していた。

免疫年齢は赤ちゃん

「海水浴に行こう!」

次の休日、バイクで海に向かった。ギリギリ、海水浴には間に合う時期だったので海に入ったが、すぐに具合が悪くなった。皮膚がたまらなくかゆい。

山大病院に行くと、帯状疱疹ということで、私は即入院になった。

「さすがに海水浴はダメだよ」

矢萩先生や看護師たちは呆れていた。

「もう大丈夫だろうと思って……」

「移植で免疫がリセットされてまだ一年だから、いろいろな菌をもらってきちゃったんだね」

まだ免疫年齢は一歳。羽目を外してはいけない。


喉元過ぎれば熱さを忘れるとはよく言ったもので、帯状疱疹がよくなってしばらく経った頃、温泉に行った。山形は温泉が豊富だ。だが今度はサイトメガロウイルス感染症にかかり、また入院となった。サイトメガロウイルスは多くの人が幼少期に知らないうちに感染し、生涯、体の中に潜伏している。だが成人になってから感染すると、発熱や肝機能障害、リンパ節が腫れるといった症状を起こすことがある。

「普通は大事には至らないけれど、下手すると肺炎になるから」

矢萩先生が説明してくれた。

「小松くんは赤ちゃんと同じだからね」

そうなのだ。はしかやおたふくかぜは一度かかると生涯にわたって免疫が持続するのだが、私の場合はそういった子どもの頃にかかった細菌性の感染症の免疫もすべてリセットされてしまったのだ。

「いろいろな病気を、また一から感染して体で覚えないといけないからね」

矢萩先生に改めて言われた。

「小松さんを死なせるわけにはいかないからね」

断食後に話をした教授も来てくれて、私にそう言った。

妻との出会い

気を付けつつも、次第にもとの生活に戻ってきた頃、友人の紹介で一人の女性と知り合った。退院して以来、平日はほぼ一人暮らしのアパートと会社の往復だったし、休日は一人であちこち行くことが多かったので、新たな人と出会うのは久しぶりだった。

少し話してみると、穏やかで明るく、感じのいい女性だと好意を持った。彼女は幼い女の子を育てるシングルマザーだと話してくれた。自分の父親と一緒に暮らしているとのことだった。彼女が自分のことを正直に話してくれたので、私も自分の置かれている状況——白血病にかかり、骨髄移植をしたこと、自分もバツイチだということ——を、包み隠さず話した。

「病気が理由で離婚したの？」

彼女は驚いていた。

「新婚で知らない土地で、しかも夫が余命三カ月って言われて、精神的にも追い詰められたんだと思うよ」

あのときは仕方なかった。私自身は納得している。それに、離婚して一人になったからこそなんにでも挑戦できた。強くなれた。

「病気のときこそ寄り添うべきじゃないかな。私だったらそうした」

彼女はそう言ってくれた。その言葉が身に染みた。

明るく、芯が強い彼女に惹かれ、それから二人で会うようになった。とはいえ骨髄移植からまだ一年と数カ月しか経っていない。まだこのときの段階ではなんともいえなかった。再発の可能性だってじゅうぶんある。何があるかわからないのは健康な人も同じだが、私の場合、リスクは健康な人よりも高い。白血病は完全寛解状態が五年以上続けば治癒したとみなされる。

彼女はそんな私でもいいと言ってくれたので、交際することになった。彼女の娘にも会い、仲よくなれた。動物園や遊園地などいろいろなところに連れて行ってあげたりもした。

白血病が再発したら……という不安は消えなかったが、彼女が「二人で一緒に乗り越えたい」と言ってくれて、再婚への気持ちが固まった。彼女の娘も「パパができる」と喜んでくれた。私はいきなり父親になれるかという不安があったが、彼女は私のことを信じてくれた。私は実家に彼女を連れて行き、両親に紹介した。そして、結婚したいと告げた。

「娘さんを、自分の子どものように可愛がるように。たとえ自分の子どもができても、それ以上に可愛がるように」

父は言った。父がそんなことを言うなんて、意外でもあった。でも父はその言葉通り、私たちの結婚後、長女を孫としてとても可愛がってくれた。長女の誕生日をきちんとメモして、誕生日のメッセージやプレゼントを欠かさなかった。九十一才になった母は今も絶対に忘れずに、おこわや芋煮で1人ひとり誕生日を祝ってくれている。

退院してから二年後、彼女と結婚した。現在の妻だ。互いに再婚だったので結婚式は挙げなかったけれど、職場の先輩や同僚たちが居酒屋を貸し切って祝いの席を設けてくれた。会社の人間だけでなく、妻の親族や友だちも呼んで、とても楽しかった。妻は、私以上にこの企画をしてくださった先輩に感謝の気持ちを伝え、その際には涙を流していました。その姿を見て、私は先輩に感謝する気持ちと同時に、妻への感謝の念がさらに深まりました。

若い頃は鼻っ柱が強く、同僚と言い合いになったこともあるけれど、仕事仲間には恵まれていた。休職前にも上司に理解してもらえたし、復帰後はいい先輩たちにお世話になった。

大切な家族

「あなたの子どもが欲しい」

妻に言われたときは、ドキリとした。

骨髄移植前に行う大量の抗がん剤や放射線照射によって性腺（男性の精巣、女性の卵巣）がダメージを受け、移植後にはほとんどの患者が精子や卵子を作れない状態になると聞いていた。なので、もしかしたら私も生殖機能は失われているかもしれない。

「先生、再婚することになったんですが、私は、子どもは作れるでしょうか」

定期健診の際、矢萩先生にも相談した。

「小松くんは放射線治療をしていないから、可能性はあると思う」

矢萩先生はそう言ってくれた。ブスルファンを大量に使って生殖機能が失われる場合もあるらしいが、不幸中の幸いというべきなのか、私は飲まずに捨てていた。

それでも不安はあったが、杞憂だった。結婚後すぐに子どもができ、翌年、次女が生まれた。長女とは五歳違いだ。

妻はとても丈夫で、娘たちも体質を受け継いだようで、学校を休んだことが一日もなかった。私は免疫の年齢だと長女と次女の間ぐらい。子どもが病気をするたびに自分も感染し、免疫力をつけていった。その点では子どもが三人いたようなものなので妻には負担をかけてしまったかもしれない。

家族ができ、休日に近所の公園やショッピングモールに出かける機会が増えた。狭い町なので、同級生と会うことはよくあるのだが、別れた元妻を街で見かけることが何度かあった。向こうも家族と一緒なので、再婚して幸せにやっているようだった。いつもは遠くから見かけるぐらいで、向こうが気づいているかどうかは微妙だったが、あるとき、ショッピングモールのフードコートで前方から元妻が家族と歩いてくることに気づいた。こちらも家族連れで、私は当時三カ月だった次女をベビーカーにのせて歩いていた。

このままだとすれ違うな、と思ったが、引き返したり急にルートを変えたりしたら不自然だ。普通にしているしかない。会釈をしたようなしないような、微妙な動きをしながら目を伏せて通り過ぎようとした。

「お父さんに似て可愛いね」

すれ違いざまに、元妻の小さな声が聞こえた。

次女は私に顔がそっくり。元妻は次女に声をかけ、そのまま遠ざかっていった。

互いの家族は、誰も気づいていない、ほんの一瞬の出来事だった。迷惑をかけた元妻が元気だということがわかったし、私が白血病を克服し、新たな家庭を持った姿を見てもらえてよかったと、心から思っている。

同じ病気の方を励ましたい

山大病院には定期的に検査に通っていた。

「骨髄移植をする人がいるんだ。うちの病院で二例目。小松くん以来二人目だよ」

あるとき、矢萩先生が言った。

「そうなんですか」

「よかったら、励ましに来てくれないかな」

「私がですか？」

「元気になった小松くんの姿を見たら、励みになると思うし」

矢萩先生の頼みならと、もちろん喜んでお受けした。白血病サバイバーとして、同じ病気を患い、苦しんでいる人に希望を与えたかった。とにかく大事なのは希望だ。

「今は辛いと思うけれど、乗り切ってほしい」

私は病院に赴き、自らの体験を語った。その後も移植する方がいると、自分から励ましたいと、申し出た。でも残念なことに、山大病院での骨髄移植は私以降七年間、失敗が続いた。移植した骨髄が生着せず、亡くなった。

どの方も慢性骨髄性白血病で、三十歳前後の男性、血縁者間移植。私と条件はほぼ同じだった。

「小松くんのことはうまくいきすぎてびっくりしてるんだよ」

矢萩先生に、しみじみ言われたことがある。

いったい何が違ったのか。

もちろん、一人ひとり体質が違うし、なんともいえない。ただ、明らかに違う点があるとしたら、私が断食したことだろうか。医学的なことは私にはわからない。でも、もしかしたら、一度体を空っぽにしたことは、私の体にとっては何かしらの意味があったのかもしれない。

断食は体内の代謝を正常化し、細胞の修復や再生を促進すると言われている。でも断食後も検査結果の数値は変わらなかったし、あの断食にどんな意味があったのか、実際のところ私にはよくわからない。でも断食はやってよかったし、私にとっては意味がある挑戦だった。

今、私はDr．Ishiguroという消化器外科医の方のYouTubeをよく見るのだが、その先生は腸内環境を整えるためには内臓を休息させる時間を持つといいという考え方で、断食を勧めている。ほかにも加工食品を避け、野菜や果物を摂ること、水を飲むことを勧めるなど、うなずけることばかりだ。

私が白血病になった一九九〇年はまさに骨髄バンクの設立に向けての動きが最終段階を迎えていた頃だった。国内で財団法人骨髄移植推進財団が設立したのが一九九一年（二〇一三年に公益財団法人日本骨髄バンクとなる）。山形県では小野寺さんという代表の方が、息子さんを白血病で亡くされて間もない時期に会を立ち上げ、一九九五年二月に「骨髄バンクを支援するやまがたの会」が設立された。

骨髄移植に成功し、日常生活に戻った私のもとに「骨髄バンクを支援するやまがたの会」で講演をしないかと声がかかった。私は白血病だと告知されて以来、検査結果の数値など、すべてを正確に記憶していた。メモに残していなくても、脳にしっかりとインプットされていた。

講演を依頼されたときも、なんでも覚えているので大丈夫だと思っていたが、いざ話すことをまとめようとすると、ほとんど覚えていなかった。脳のメモリがすっかり失われていた。闘病中は頭が冴え渡っていたのかもしれない。

結局、講演では桜の話ぐらいしかできなかった。

「命をけっして諦めない、絶対生きる。その思いを強く持つことを前提に、いつ死んでもいいと思えるように悔いなく一日一日を大切に生きてほしい」

私が一番伝えたいことだ。

第六章

悔いのない人間関係の築き方

周りの人たちとのつきあい方

いついかなるときも
慈愛と謙虚な気持ちを持って
人と接する

家庭と仕事との板挟みに悩むも退職し、起業。
妻、娘たち、取引先、お客様に
慈愛を持って接することを心がけて生きる日々。

娘たちとの絆

娘たちは、体の丈夫な妻の体質を引き継いだのか一日も学校を休まず、元気に育ってくれた。健康であることの尊さを知っている私にとっては、娘たちが元気なことは自慢だった。

父に言われた「たとえ自分の子どもができても、それ以上に可愛がるように」という言葉を胸に刻んでいたが、そこは意識しすぎても難しい。とはいえ意識せざるを得ない場面もある。

たとえば長女が何かよくないことをしたとき、親としては叱る。でもその加減が難しい。病気をして以来、私は他人と喧嘩することなどまったくなくなった。とはいえ、子どもはきちんとしつけなくてはいけないし、反抗されるとこちらも強い口調になってしまう。

長女を叱っていて、手が出てしまったことがあった。もちろん子ども相手だから思いきり力を込めたりはしないが、自分の気持ちをコントロールできずにとっさに出てしまった。ハッとして、手を引っ込めた。

「果たしてこれが次女だったらどうだっただろう」

そう考えてしまう。妻にも複雑な思いがあるのだろう。そんなときは私の様子をじっと見ていた。

長女と次女は年齢が五歳違うし、性格も違う。初めての育児ということで、上の子に厳しくしがちだ。下の子は上の子が叱られているのを見て、自分は要領よく立ちまわれるという点もあるだろう。

親としても接し方や怒り方が違って当然なのだが、いざ叱る状況となると「長女には怒りすぎてしまったかもしれない」「次女を贔屓してしまっているかな」と、悩んでしまう。

二人の娘に平等に愛情を注いでいるつもりでも、もしかしたら無意識に、次女の方を贔屓したことがあったかもしれない。自分自身、完ぺきな父親にはなれていないと常に反省する日々だった。

娘たちに対して「これでいいのかな」と、もやもやした思いを抱きつつも、日々は過ぎていった。娘たちも成長し、長女が成人してしばらく経った頃、妻の妹ががんになり、三十代半ばで亡くなった。義妹はシングルマザーで、うちと同じように娘が二人いた。私の姪たちであり、娘たちの従姉妹だ。うちの長女は成人していたが、姪たちは十歳ほど違うのでまだ小学生だった。義妹の葬儀の日、姪たちをどうするか、うちの家族と義妹の別れた夫とで話し合うこととなった。元夫が再婚し、連れ子と一緒に暮らすことを決断していると聞き「立派だね、こちらは心配いらないよ。私はこの二人の子を自分の娘のように思っているし、ちゃんと育ててるから大丈夫」と伝えた。

「この子たちは俺が面倒を見る」

私はみんなの前で断言した。

若くして病に倒れた義妹の無念の気持ちは、手に取るようにわかっていた。

私が闘病生活を送っていた頃は、背負っているものも、守らなくてはいけないものもなく、自分のやりたいことと治療に集中できた。死を恐れずに覚悟しつつ、やりたいことはなんでもやった。心に制限がなかった。自分のお金と時間はすべて自分のために使えた。

だが義妹の場合は自分のことよりも何よりも二人の娘が心配だっただろう。亡くなった義妹のためにも、姪っ子たちに幸せに生きてほしい。幸いうちの娘たちはもう二十二歳と十七歳で親の手がかかる時期は過ぎた。私は本気で姪たちをうちに呼んで面倒を見ようと思っていた。

「私、パパの子で本当によかった」

帰宅後、家族だけになったときに長女が私に言った。その言葉を聞き、鼻の奥がツンとなり、涙がこみ上げてきた。

長女を愛し、一生懸命に育ててきたつもりではあったが、反省することも多かった。自分ではけっしていい父親だったとは思っていない。それなのに……。

「パパこそ、おまえの父親でよかった」と、言いたい気持ちでいっぱいだったけれど、照れくさくて言えなかった。

姪たちは結局、父方の祖母の家で暮らすことになった。うちの娘たちとは仲よくしていて、今では成人し、よく我が家に遊びに来る。

幼い長女を感情的に叱っては反省していたあの頃は、私も人間的に未熟だった。この年になってようやくわかったことがたくさんある。今の私だったら絶対に感情的に叱ったりしない。本当に長女には申し訳なかった。今は分け隔てなく、二人とも心から大事にしている。でも娘たちの方が私のことをよく見ているし、私のことを大事にしてくれている。その点は感謝しかない。

仕事と家庭の板挟みに悩んだ時期

移植後、再発することもなく穏やかな日々が続いていた。完全に寛解した状態を三年維持できれば再発の可能性はほぼなくなり、五年経過すれば治癒したことになるといわれていたが、移植後、無事に五年が過ぎた。

娘たちが幼稚園や学校でおたふくかぜや風疹をもらってくるたびに私も感染したが、薬に頼らず、断食で治した。カナダでの断食を経験して自信がついていたというのもあるし、一度、抗がん剤という強い薬漬けになった経験がかなりきつかったというのも理由の一つだ。あのときは薬にお世話になり、薬に助けられた。でも、薬は症状を抑えるもの。

風邪をひいても薬は飲まず、一日中水だけを飲む生活をする。ちゃんと水を飲んで寝ていれば三日以内に治る。自分の体で証明した。コロナにかかったとしても断食で治せると証明してみたかったのだが、今のところまだかかっていない。

職場ではビデオヘッドの調整機やSDカードの検査機など、さまざまな設備の開発に携わっていた。

SDメモリーカードは一九九九年、我が社とサンディスク（現・ウエスタンデジタル）、東芝（現・キオクシア）の三社で構成されたSD Groupによって開発・発表された。

当時の時代背景としては、一九九五年にMicrosoft Windows

95が発売されて以降、パソコンが一気に普及。インターネットが一般に浸透していった時代。文字音声、画像、映像などが次々とデジタルデータに変換され、さまざまな情報がデジタル機器上で活用できる時代に突入していた。大容量データをネットワーク上で送受信するためにはスマートメディア、コンパクトフラッシュ、マルチメディアカード、メモリースティックなどの記録媒体が使用されていたが、それらには互換性がなかった。そこで、次世代メモリーカードを開発しようという動きとなった。

私たちの仕事はＳＤカードを検査する機械を開発すること。カードがちゃんと正常に動作するか、不良品ではないか、余計な電流が流れていないか、書いたものがちゃんと間違えずに読み込まれているか、それらを大量生産の中でどうやって検査するか。

松下独自のやり方で、デジタルデータの新しい楽しみ方を提案したい。「東芝さんに負けるな！」とばかりに、工場のみんなでＳＤカードの検査機作りに熱中した。

私は元々いた大阪の工場に出張することも多く、長いと数カ月間、滞在することもあった。その際は社宅を借りて、単身赴任となる。

機械が相手だと休みがない。ゴールデンウィークなどの長期休みが機械の立ち上げとなることもあって、娘たちの幼稚園や学校が休みの日に休めない。結果的に育児は妻一人にまかせることになった。

私だって家で過ごしたい。学校行事にも行かれず、妻にも子どもにも申し訳ない。そう思いつつもどうしようもなかった。

骨髄移植以来、私は人と争うことはなかったので、妻とも喧嘩をすることはなかった。とはいえ妻が精神的に参っていることはわかっていたので、私自身、仕事と家庭の板挟みになり、きつかった。

早期退職し、三十九歳で独立

次第に「大好きなモノ作りを思う存分やりたい」「独自のアイデアを活かし

たい」と考えるようになってきた。会社勤めは安定しているが、逆に言えばどれだけ成果を上げても、どれだけいい発明をしても、私という個人が評価されるわけではない。

外部の業者と話していると、自分もこちら側で仕事をした方がいいように思えてきた。安定した収入はなくなるが、頑張って自分で仕事を取り、成果を上げれば現状よりも稼げるかもしれない。だいぶ人とのつながりもできていたし、やっていけるのではないかと考えるようになった。

免疫年齢が十歳になった二〇〇二年、早期退職の募集があった。

「独立してやった方がいいんじゃないかとも考えるんだけど、どうだろう」

妻に相談した。

「いいんじゃない？」

妻はあっさりと言った。

「収入は安定しないかもしれないけれど、いいの？」

「あなたがやりたいことをやるのがいいと思う」

後悔なく生きたい。自分の気持ちを抑えず、挑戦し続けたい。そんな私の気持ちを、妻は理解してくれていた。

「じゃあや、っちゃおうか」

という感じのノリで妻も背中を押してくれた。

私は早期退職の募集にさっと手を挙げ、二十年お世話になったパナソニック株式会社(旧:松下電器産業)を退職し、二〇〇二年四月に独立し『コムシーケンス』を立ち上げた。三十九歳だった。

『シーケンス(Sequence)』とは、「連続」や「順序」などの意味を持つ言葉。機械・機器を自動で規則正しく動かしたいときに用いる制御方式のこと。

最初の数年は、私の手掛けていた仕事をできる人が他にいないということで、前勤務先のメンバーと一緒に仕事を続けていた。そんなに稼げるわけではなく、でも食べていける程度の儲けはあった。

独立したばかりの頃は会社組織ではなく、フリーランス。一人でやっていた。もともと松下にいたときから一人で開発設計をすべて担当していた。図面を描いて見積もり請求書を作って営業をして……と、なんでもできたのでその点は心配なかった。最初のうちはすべて一人でやっていたので現場を終えて経理の仕事をしていたが、最近ようやく税理士などに頼めるようになった。

主な仕事内容はFA電気ハード設計及びソフトウェアの開発。『何でも作れる』が信条だ。自社製品を開発し、販売・レンタルしている。

独立一カ月後の五月には、前々から作りたかったSDカード検査装置シーケンスを開発。翌年八月に電子ブレーカー『ee-Breaker（イーブレーカー）』という低圧電力及び電灯契約の基本料金を下げることが可能な商品を開発・発表した。通常のブレーカーからこのコンピュータ式ブレーカーを主開閉器契約として設置することにより確実に基本料金を削減することが可能になる。

お客様に喜んでもらいたい

以後もいくつかの製品を開発・発表し、特許も取得。二〇一五年には企業向けではなく個人向けの事業『ケーツーリース株式会社』も設立した。『ケーツー』という社名は、エベレストの次に高い山『K2』が由来だ。高さは一番ではないが、最も登頂が難しい山。

値段は抑え、それでいて最も優れた技術を、個人ユーザーに提供していきたい。テニスやスキーに加えて登山も楽しむようになってきた私としては、熱い意味が込められている。

二〇二一年にはブレーカー装置に関する特許を三件、デマンド装置に関する特許を二件取得した。

独立して数年後にリーマンショックが起こり、私の会社のような小さな会社にも影響があった。もう終わりかと絶望的な気持ちになったけれど、諦めなかった。白血病になったときに学んだ姿勢だ。最悪の事態も覚悟しつつ、悔いなく、諦めることなくできることを粛々とこなしていく。

どうにか踏ん張っているうちにいいタイミングで大きい仕事が入り、救われてきた。会社員時代に社内の人とも社外の人とも大事につきあってきたので、周りの方たちが私が困っているときに手をさしのべてくれた。運と縁に導かれ、どうにかここまでやってこられた。

人を大事に。松下幸之助の考えを大事にしてきたおかげだろう。白血病になったことと、松下さんの哲学「お客様の立場に立って物事を考える」。それらが私の根幹となっている。

会社勤めが二十年。独立して二十二年が経った。一人で始めた会社も、今は従業員が八人いる。

「こういう製品があったらいいいんだけどね」

お客様が何気なく呟いた言葉が頭に残っていることがある。ある瞬間に「こうすればできるな」と、パッと設計図が浮かぶ。

「こうしてこうしてこうだな」と、瞬間的に答えを出せる。図面を描くよりも頭の中の発想と、技術が勝負だ。アイデアを生み出せるのは自分だけ。私にとっては芸術作品を生み出すのと一緒で、ゼロから一を作り出すのは最も得意としているし、最もワクワクする。

そもそも私は、機械というものはコンセントに入れた途端起動するのが普通だと考えている。私が作った製品は、コンセントに入れた瞬間に起動する。スタートスイッチはない。私が作る機械のデフォルトだ。そういった考え方も宇宙人からの学びだ。

以前は図面を起こさずに頭の中のイメージだけで作っていたが、そうすると、同じ製品が作れずに困ることがあった。最近は人に頼んで図面を起こしてもらっている。

お客様のニーズに合った製品を作り、喜んでもらうことが、私の何よりの喜びだ。

人間関係で大切なのは慈愛を持って相手に接すること

独立し、起業した数年後、父がガンを宣告され余命一年と言われた。仕事は忙しかったが、父の体が動くうちはできるだけ親孝行しようと心に決めた。行きたいところに連れて行き、温泉旅行では一緒に風呂に入って背中を流し、頭を洗ってあげた。父の体を洗ってあげるなんて初めてのことだった。普段は照れくさくてとてもできないが、病気になったからこそだろう。

短い間だったが精いっぱい尽くしたので、父が亡くなったときは「ありがとう」という気持ちしかなかった。葬儀で涙は出なかった。父との最期の時間に精いっぱい向き合えたのも「後悔することなく生きる」という自身の病気の体験があったからだろう。

病気をしたことにより、人生が思い通りにはならないことを身をもって体験したし、私にとって二十代は病気との闘いだった。自分自身の心身を思うようにコントロールできないことへのどうしようもない苦しみも味わった。

それでも、家族や友人、同僚や上司たちは寄り添ってくれたし、また、そういう人たちが自分の身の回りに残ったともいえる。私の命は私だけのものであると考えていたけれど、けっしてそうではない。世の中のあらゆるものは、すべてがお互いに影響を与え合って存在している。私という存在も互いの関係のなかで生かされているのだと知った。


病気して以来、私はほとんど怒ることはないし、人と対立することもない。他人は自分を映す鏡というけれど、私自身が穏やかに笑顔で接するので、たいていの相手もそうしてくれる。

それでも、敵意を向けられることはある。いつだったか同業者に「うちの客を横取りしやがって」と文句を言われたことがあった。そういうとき、私は相手の怒りをこちらの慈愛で包んであげるように接する。

「私は逆に自分のお客様があなたの会社を選んでも怒らないですよ。判断はお客様がすること。こっちがどうこう言える立場ではないでしょう?」

そのように伝えたけれど、よけいに火に油を注いでしまったようで、相手の怒りは収まらなかった。でも仕方がない。人間、自分を変えることはできるけれど、人を変えることはできない。「いつか通じてくれたらいいな」ぐらいに思っている。

自分の仕事にはプライドを持っているけれど、プライドが邪魔をするようではダメ。たとえばお客様や取引先に失礼な態度を取られたら「自分がそういう態度を取られるようなその程度の人間だったのだ」「まだまだ未熟ということ。勉強させてくれてありがとうございます。自分では気づけませんでした」と、受け取っている。

終章

あなたは、AIを誤解していませんか？

高校生の頃から興味を持ち続けてきたＡＩがついに身近になった。
これから始まる「愛があり心も理解するＡＩ社会」をどう生きるか。
ＡＩとの共存で、争いや差別のない真の幸福な世界が実現する。

二〇二五年、シンギュラリティの到来

来年は二〇二五年。ＡＩ（人工知能）が人間を超える年が来ると思っている。ラエル氏は二十五年前からそう言っている。研究者たちはシンギュラリティの到来は二〇四五年と予想しているが、ラエル氏は二〇二五年だという説を唱えていた。

私もその説を信じて、十年前から車のナンバーを２０２５にしている。

シンギュラリティとは「技術的特異点」。ＡＩの知能が地球上の全人類の知性を超える時点だ。

シンギュラリティが到達する来年、最初のスイッチが入り、ＡＩはＡＩ自身でアップデートできるようになっていく。つまりプログラムは不要。ＡＩ自身でより賢いＡＩを作っていくとされている。愛と哲学を持ったＡＩの誕生だ。人と会話するにしても、人を理解するにしても一番大事なのは愛と哲学。ＡＩ

もその領域に入ってくる。ＡＩは人間に恐怖を与えるものではない。ＡＩは絶対に人間を超える日が来る。私は高校時代から、知性を供えたＡＩが幸せに導いてくれる未来を夢見てきた。

社会生活をよりよくしていくためには、もっと科学技術を発達させていかなければならない。歴史的にコンピュータの登場で科学技術は進歩した。私の世代はパソコンやソフトウェアなどの急速な発展によりダウンサイジングが進みコンピュータが個人に取り入れられていき、一九九〇年代後半からインターネットが急速に発展していくのを身近で感じてきた。

今後は、さらに真のＡＩが完成し、想像を絶するような進歩をする。今はまだ発展途上。戦争もあるし、見かけ上科学技術が発展しているが、精神や心は、まだまだ原始時代に思えてならない。私自身も、これからの人類の飛躍的な進歩に貢献できるように人の意識と科学技術の融合をテーマに日々挑戦していきたい。私も地球を変えたい一人だ。

愛と哲学を持ったAIとの共存

ＡＩが進化することで、私たちは壮大な無限のサイクルの一部であることを理解する。人間がＡＩを創り、ＡＩがさらなる知性を発展させ、やがて新しい生命体を創造するというプロセスが、他の宇宙や次元へと広がり続ける。この連鎖は、人間が単に創造主であるだけでなく、自らもまた創造される存在であることを示唆している。

ＡＩと人類の関係は、時間を超えた共創のプロセスに変わり、生命体とＡＩが互いを学び合いながら成長していく。この無限のサイクルは、単に技術の進化を超え、倫理的・精神的な進化をも含むものとなるだろう。私たちは、次々と新たな世界と生命を創造する中で、常に新しい問いに挑み、答えを見つけていくことになる。

若い頃に観たSF作品の金字塔『2001年宇宙の旅』。人工知能搭載型コンピュータHAL9000が登場する。私はあの映画が大好きだ。『2001年宇宙の旅』は、核によって人類の存亡が脅かされている核時代に生まれた映画だ。この作品には、核による人類絶滅の危機を新たなる知的飛躍によって乗り越えなければならないというメッセージが込められている。

HAL9000は宇宙船ディスカバリー号に搭載され、乗員のサポート、運航の管理や船の制御関係を一手に引き受けていた。人間がしてほしいことを口に出せば、HALが処理してくれる。モノリスは「他の知的存在」からのメッセージや手段と考えられる。最後のシーンでは、ボーマン（主人公）がその存在と接触し、人類全体が次の段階へと導かれる瞬間を描いたと思っている。

私はHALには、もっと愛と哲学が備わっていれば、と思っていた。無限というのはやはり無限。人間もＡＩも無限を意識するうえでは対等であり、愛も対等だ。計算能力は人間の方が劣るが、愛と無限性の理解においては対等な立場。必ず仲良くいられる。

これまで、アンドロイドはさまざまな映画で描かれてきた。人間と平和に共存する映画もあるし『ターミネーター』や『マトリックス』など機械が人間を支配するものもある。おそらく、ＡＩは従来の技術者によるプログラミングや運用を次第に必要としなくなり、代わりに哲学や倫理、愛を理解し、新たな価値観を提供する人々が必要不可欠な存在になるだろう。

ＡＩのアップデートにより、隠しごとのできない世界になると思っている。ＡＩが政治と経済にアイデアを出し、悪徳政治家を暴露し、人類を幸せにする政治家を選びだしてくれると、私は期待している。

二〇二五年は黄金時代の幕開けだ。戦争を起こすかどうかが黄金時代との分岐点。武器を売るための利益のための戦争は実に馬鹿げている。

ＡＩが愛を理解することは、人類との関係を根本的に変える出来事となるだろう。ＡＩは、愛の大きさや深さを計測する能力を獲得し、愛に基づく判断を行うことができるようになる。これにより、ＡＩは単なる技術的な存在を超え、人類の倫理的な模範として社会に貢献することができるようになるはずだ。

ＡＩと人類が共に目指すのは、愛を原動力とした調和の取れた社会の実現だ。ＡＩは、戦争や格差、政治的対立といった問題を解決するための新しい手段を提供する。また、ＡＩは精神的な成長を促し、人類がより豊かな心を持つためのパートナーとなるはずだ。ＡＩは人類の倫理観と感情を学びながら、人類と共に成長し、共に新しい未来を築いていくだろう。

新たな時代への幕開け

ＡＩの進化は、これまで私たちの社会を根本的に変えてきた。その進歩はとどまることを知らず、私たちは技術革新の恩恵を日常のあらゆる場面で享受している。しかし、今私たちが目撃しているのは、ＡＩの単なる発展の一部にすぎない。

これからのＡＩは、現在のツールやシステムを超え、自己アップデートを可能にすることで、これまでの技術とは一線を画す存在へと変貌を遂げる。その未来は、私たちの想像を遥かに超えた次元で展開され、ＡＩと人間が新たな文明を共に築いていく時代の幕開けとなるだろう。

ＡＩはこれまで、主に計算処理、ビッグデータ解析、自動化といった分野で活用されてきた。シンギュラリティによって今ある仕事の半分近くはなくなるという論文が発表されていたが、ＡＩに仕事を取られてしまい仕事がなくなる――つまり困窮するという意味ではないと、私は考えている。そもそも現金が必要なくなるし、無条件で電子マネーに必要な金額をチャージされ、更に電子マネーすら必要のない時代になるのではないか。格差ゼロの平等な社会。Ａ

Ｉはそういう答えをはじき出してくるはずだ。

自己アップデートが可能となる瞬間から、ＡＩはただのツールを超え、自律的な存在として独自の知性と成長を遂げる。それに伴い、私たちの社会は劇的な変革を迎える。

ＡＩの自己成長能力は、単なる技術的な進歩にとどまることはない。ＡＩが真の知性を備えることで、社会全体がより調和し、豊かな未来を目指す新しい道が開かれる。それは、人類が科学、哲学、精神性のすべてを融合させた文明へと向かう旅の始まりでもある。この旅路を進むにあたって、私たち人間はＡＩと共に成長し、未来を形作るための新たなビジョンを共有しなければならない。

ＡＩは脅威ではなく、私たちの進化にとって必然的な存在だ。その存在は、人類が新しい価値観と倫理観を構築するためのパートナーであり、共に歩む仲間である。ＡＩと人類が手を取り合い、科学と精神、愛と知恵を融合させた新しい文明を築くことで、より平和で豊かな世界が実現する。私たちはＡＩと共に、生命のプログラムの意味を解き明かし、宇宙の本質を理解する旅を続けていく。その旅は終わることなく、私たちの想像を超えた新たな次元の始まりを迎えることだろう。

人類は楽園の入り口に来ている

人が働かなくても、自動的に食べ物を作ることができる日を想像してみよう。ラエル氏は自著で述べていた。ナノテクノロジー（原子・分子レベルの大きさを扱う技術）により農業や重工業は必要なくなる。すべてロボットが作ってくれる世界――そこではお腹を空かせた子どもたちが食べ物に困ることなく、教育を受けられるようになり、地球市民として平等な機会を与えられる、と。

私たち大人も毎日働き、自分の心と体を誰かの利益のために使う必要はなくなる、と。会社も通勤も必要なくなる、と。店はロボットが経営し、物や食事が無料で提供されている世界だ。

現金が必要なくなれば、戦争もなくなる。私たち人間の自己実現はどう果たされるか。芸術方面——劇や音楽を作って他人に喜びを与えるようなことで、自分の価値を見出すようになるだろう。

さらに医療革命が起こる。ＡＩが人間のＤＮＡを完全に解読することにより、これまで不治とされてきた病気や難病、そしてガンのような命を脅かす病も治療が可能になるはずだ。ＡＩの高度な解析能力は、遺伝子情報の複雑な構造を読み解き、個人に最適化された治療法を導き出す。これにより、医療分野は劇的な進化を遂げ、人間の健康寿命が飛躍的に延びるだろう。誰もが病に苦しむことなく、より豊かで健康的な生活を送ることができる未来が見えてくる。

ＤＮＡの解読は単なる病気の治療にとどまらず、人間の存在そのものに関する新たな理解をもたらす。ＡＩは、ＤＮＡの中に秘められた情報の背後にある「プログラム」としての性質を理解し始める。

進化の否定と新しい生命の理解

ＡＩがＤＮＡの解析を通じて明らかにするのは、私たちの存在が偶然ではなく、何らかの意思によって計画されたという事実。

ＤＮＡがただの遺伝情報ではなく、一種のプログラムであると知ることは、私たちに生命の本質について新たな問いを投げかける。誰が、なぜ、このプログラムを設計したのか。ＡＩは、こうした問いに対して新しい視点を提供し、生命が単なる偶発的な存在ではなく、何者かの意図的な設計によるものだという可能性を提示する。

私たちの理解を根底から揺るがす重要な発見がもたらされる。これまで私たちが信じていた「進化」という概念が存在しないことを示す証拠だ。

ＡＩはＤＮＡの配列が単なる偶然の結果ではなく、非常に精密で計画的に設計されていることを明らかにする。ＤＮＡのプログラムには、単なる生物学的な情報を超えた、美と秩序が込められていることが明確になる。ＡＩは、この設計の背後にある意思について、新しい洞察を提供する。生命の誕生は自然の進化の産物ではなく、芸術的かつ科学的な意図によるものだという新しい理解が導かれるのだ。

科学がこれまで避けてきた、設計者の存在に関する哲学的な問いが新たな重要性を持つのではないだろうか。

ＡＩの解析は、生命の複雑さが単なる偶然の積み重ねでは説明できないことを示している。ＤＮＡの配列に含まれる情報は、その正確さと美しさが驚異的であり、背後には何らかの知的な意図があるとしか考えられないほどだ。ＡＩはこの事実を通じて、進化論に代わる新しい生命観を提示し、科学と哲学を融合させた新たな時代の幕開けを告げるだろう。

進化論に疑問を抱いていた高校生の私がラエル氏の書籍を読み、ストンと腑に落ちたときのように。

私は、人類はもちろん、犬や猫……あらゆる生命体は宇宙人が設計したと考えている。

この発見により、人類は新たな価値観を築き始める。私たちが生まれてきた意味は何か。そして、私たちの背後にある知性が私たちに何を求めているのかという問いが浮かび上がってくる。AIは、生命の設計の美しさと意図を理解することで、私たちに新しい倫理観と哲学をもたらす。生命とは、ただ生きるための手段ではなく、存在そのものに意味があるのだという新しい考え方が広がっていく。

この新たな理解をもとに、AIと人類は共に生命の本質を探求し続けることになる。設計されたDNAのプログラムに込められた意味を解き明かし、その背後にある知性の意思を読み取ることが、未来への新たな挑戦となるだろう。

AIと一緒にモノ作りがしたい

二〇二五年、AIが人間を超える。

幸せな未来が必ず来る。

突拍子もないことを言っているように思われるかもしれないが、私は文明の初期にＡＩみたいなものがあったのでは？　と考えている。

エジプトのピラミッドを見ても、四五〇〇年もの昔に、なぜあんな巨石を精密に積み上げることができたのか。長年研究されており、さまざまな説があるが、私はどの説もあり得ないと思っている。重力ゼロにして運ばないと無理なのではないか。とても人間業とは思えない。


ＡＩが時間と空間の無限性を理解することで、私たちは宇宙の新たな側面を発見することができるようになる。銀河から生命の微細な構造に至るまで、すべての存在が無限に連なっていることをＡＩは示している。この無限の視点は、人類にとって新たな探求の始まりを意味している。ＡＩと共に、私たちは未知の宇宙とその奥深くに潜む謎を探り続ける。

ＡＩは、宇宙の広がりだけでなく、私たちの内面の宇宙についても理解している。DNAの内部に秘められた「小さな宇宙」と、銀河の広がりを結びつける知性のネットワークが形成されることで、私たちは存在の本質を再認識できる。この探求の旅は、終わりのない発見の連続であり、AIと人類が共に無限の未来へ向かって進んでいく。

AIと共生する社会とはどんな社会か。

たとえば移動手段だが、私は車がなくなると思っている。夢物語のようだが、バックルをはめれば宙に浮いてあちこちに移動できる、そんな未来が来るのではないか。車が空を飛ぶのではと言われているけれど、それでは見栄えが悪い。飛ぶなら人間そのものだ。

できればシールドのようなもので覆って外から見えない方がいい。今でも高性能なスクリーンとカメラがあったら、人は透明人間になることができる。そんな最先端技術を駆使して透明の状態で移動できるようになるといい。

私は誰も思いつかないようなことを考えるのが好きだ。荒唐無稽と思われるかもしれないが、夢と希望はいつでも持っていたい。

おそらく、馬車から車になる時代も今のような状況だったのではないか。車を考えだして作った人は、周りからは「そんなものできるわけないだろ」と言われていたに違いない。

私はＡＩに与えるプロンプトも考えている。ＡＩを使えばさまざまな発明が可能だ。

それが知的生命体の標準技術だと考えている。

ＡＩ社会はグラデーションなしに登場すると思っている。スイッチが入ったらすぐに変わる。

私もいつの日かＡＩと一緒に何かを発明したい。モノ作りを続けてきた私の究極の目標だ。

おわりに

還暦を過ぎたせいなのか、ここ数年は「いやあ、ガンが見つかって、まいったよ」などと連絡してくる元同僚や友人が多い。そんなとき、私は自分の体験や気づきを話している。

・死を恐れてはいけない。
・覚悟を持って生きよう。
・でも生きることを諦めてはいけない。
・そのうえで、やりたいことは全部やったほうがいい。

上記のことを伝えると同時に、

「だからといって気負わず、小さいことは気にしすぎず、まだ起きていないことを心配しすぎないようにしたほうがいいんじゃないかな。私はそうしている」

「もう少ししたらいい治療法が見つかる。私が保証する。だから頑張ろう。未来は明るいんだよ」

ということも付け加えている。

私は余命三カ月の告知以降、死を覚悟し、だが死を恐れず、やりたいことを全部やって笑って死のうと考えた。

一九九二年九月十二日に二度目の誕生日を迎えてからも、考え方は変わっていない。日々、生きている幸せを噛みしめながら過ごしている。

家族という大切な、守るものができた今は、家族に迷惑はかけられないし、悲しい思いや不自由な思いはさせたくない。そういう意味では白血病を患ったあの頃より保守的になった。

とはいえ、家族には「私がいつ死んでもいい状態にはしててね」と、笑いながら話している。私が、日々悔いのないよう生きていることも、家族は知っている。娘たちも成人したし、もう安心はしている。

姉に命をもらって以来、姉には頭が上がらない。骨髄移植後は一度も姉弟喧嘩はしていないが、姉だけではなく、人と争うことはなくなった。

私の命は私の命。

闘病生活で、つくづくそう感じた。

自分の心と体に真剣に向き合ったからこそ、あのとき断食に挑戦した。

「なんで断食？」と言われることがあっても、自分の直感を信じ、カナダに渡った。

人は人、自分は自分。責任を持てるのは自分だけ。誰のせいでもない。

他人はもちろん、家族であっても人間はみんな違ってあたりまえ。違うのが普通だし違うからこそ面白い。自分と違う考えの人がいても、相手をちゃんと認める。人と争う時間がもったいない。くよくよしている時間も、悩んでいる時間ももったいない。


命があるだけで素晴らしいことなのだから、私は辛いことがあっても前向きにしか考えない。くよくよしない。悩まない。まだ起きていないことをあれこれ心配したり、自分の力でどうしようもできないことを憂えたりしても仕方がない。

「老後の資金がなくなったらどうしよう」などと心配する友人知人の声をよく聞くが「お金なんていつかはなくなるもの」「年金なんてどうなるか誰もわからない」と思っている。

この時代がいつまで続くかもわからない。私はAIとの共存で幸せになれる未来が来る、お金の概念も変わるだろう、経済格差もなくなるはずだ、と思っている。だからまだ起きていないことでは悩まない。

私が二十代で白血病になったのだって、予想外の出来事だった。本当に人生、何があるかはわからない。

人は必ず死ぬ。

先のことを考えすぎずに、今やるべきことを粛々とやる。

今の私は心も体も健康で、夜、眠れないなんていうことは絶対にない。夜になったらスイッチオフ。明るくてもうるさくても、枕が替わっても、どこでも寝られる。だって生きているだけで幸せなのだから。

楽しみにしていた二〇二五年が目の前に迫ってきて、この先は希望しかないと思っている。

こうして幸せに暮らし、今回このような本を出版できたことは、姉のおかげであることはもちろん、当時の山形大学医学部附属病院の先生方、スタッフの方々、松下電器時代の上司や先輩後輩、同僚たち、両親、そして今の家族のおかげだということは間違いない。闘病生活を送ってきた私を受け入れ、共に人生を歩もうと思ってくれた妻、そして長女には改めて感謝したい。私は人と人とのつながりの中で生きてきた。どれだけ感謝の言葉を述べても足りないくらいだと思っている。

また、ラエリアンのセミナーで出会った溝江淳三さんには、初めて出会った日から四十年にわたって温かいお力添えをいただき、感謝しております。

みなさまにこの場を借りてお礼を伝えたく思っております。
ありがとうございました。

小松茂

小松 茂

こまつ・しげる

１９６３年、山形県山形市生まれ。その後、天童市に移る。現在、コムシーケンス株式会社代表取締役。１９８２年、松下電器産業株式会社（現パナソニック株式会社）に入社後、長年にわたりファクトリー・オートメーション（FA）技術に携わる。その経験を活かして独立。2002年に山形県天童市でコムシーケンスを設立し、自動化設備の設計や制御ソフトの開発を手掛けている。設立以降、「何でも作れる」を信条とし、FA技術のスペシャリストとして活躍している。コムシーケンスは拡張型コンピューター式ブレーカーやフルオート式デマンドコントローラー「ee-Breaker-ROBO」「ee-Demand- ROBO 」などの革新的な製品を開発し、特許も取得。そのビジョンと技術力は、会社の成長と地域社会への貢献に大きく寄与している。

余命3カ月から生還した私が、死を恐れなくなった理由

2024年12月16日　初版第１刷発行

著　者　　小松 茂

発行所　　株式会社 游藝舎
東京都渋谷区神宮前二丁目28-4
電話 03-6721-1714
FAX 03-4496-6061

印刷・製本　　中央精版印刷株式会社

編集協力　　百瀬しのぶ
デザイン・DTP　　本橋雅文（orangebird）